超武装空母「大和」②

ハワイへ向かえ！

◆

野島好夫

コスミック文庫

この作品は二〇〇九年一二月に小社より刊行された『超武装空母「大和」㊤』第二部を加筆訂正したものです。

目　　次

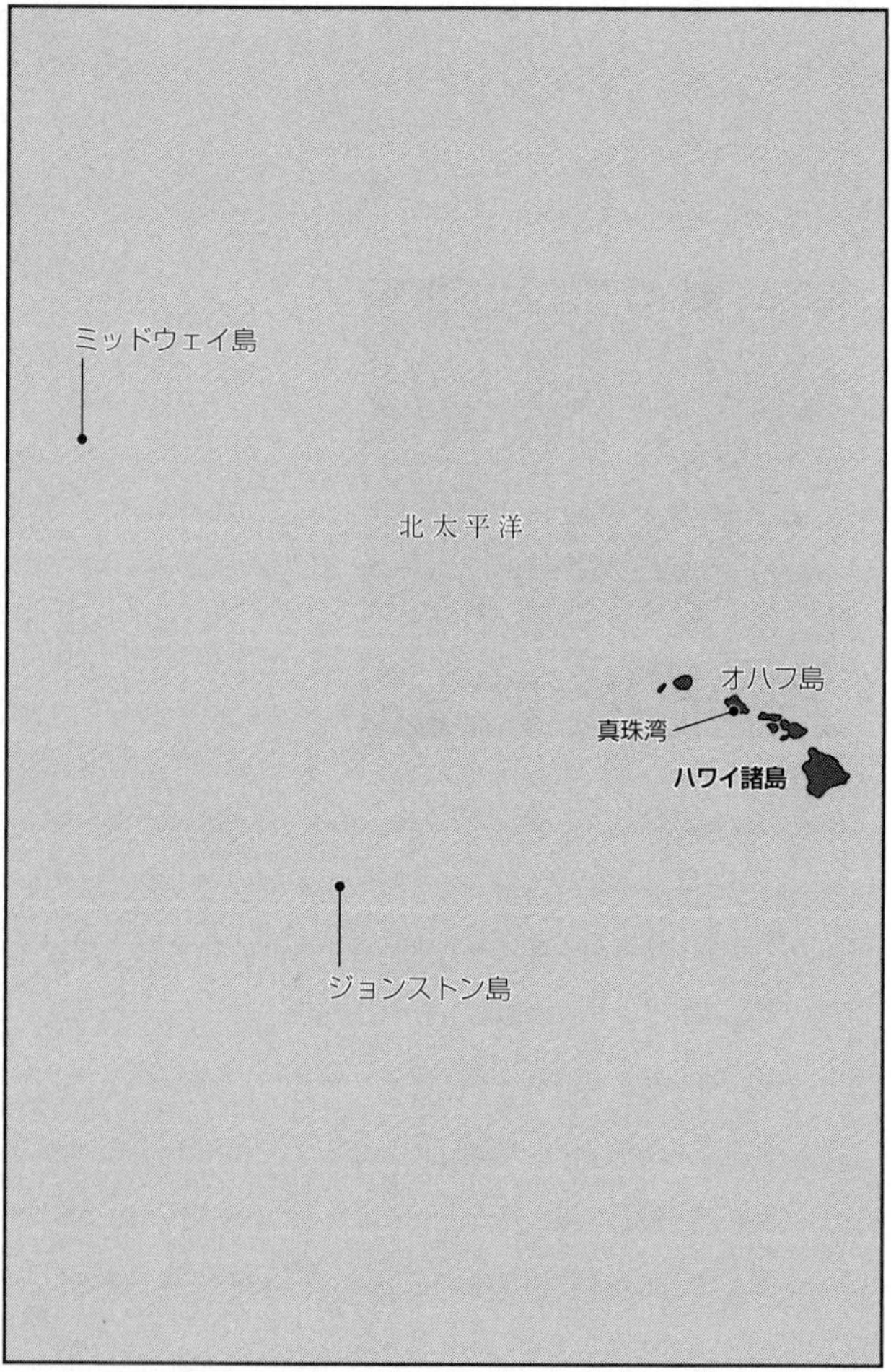
ミッドウェイ島
北太平洋
オハフ島
真珠湾
ハワイ諸島
ジョンストン島

プロローグ

『1』

帝都東京の花街の一つ、神楽坂《かぐらざか》の奥まった場所に、料亭『三日月』はある。

『三日月』は、美食家を気取る海軍の将軍や将校たちが通う老舗《しにせ》として、名を馳せていた。

戦時中とあって、普通の料亭が料理の材料集めに苦労しているのを尻目に、『三日月』では料理のランクをほとんど落とさなかった。

それには、『三日月』の馴染みたちが裏から力添えをしているという噂があった。

膳に並んだ山海の料理を見ながら、海軍超技術開発局艦船開発部長　源《みなもと》由起夫《ゆきお》海軍技術少将は、そんな噂話を脳裏に思い浮かべた。

源の前にいるのは、彼の上司に赴任したばかりの超技術開発局長春茂《はるも》康三《こうぞう》海軍技術中将である。

顔合わせをするという目的で催されたこの夜の宴席だったが、技術者と言いながら管理者でもある春茂の、自分に対する懐柔策《かいじゅうさく》の一つだろうと、源は見抜いていた。

海軍技術者の〝姥捨山《おばすてやま》〟としてスタートした超技術開発局（スタート時は超技術開発研究所）は、現在、艦政本部の一部署という存在だが、艦政本部からの命令はあまりないし、あってもほとんど従わない独立した部署であった。

局長には、艦政本部肝《きも》いりの将軍が任命されている。

しかしそれはあくまで飾りであり、局の実質的なリーダーは各部の部長で、彼らは艦政本部とはまったく別の次元の方向性を持って研究、開発、製造に携わっていた。

このような状況は、統制好きな海軍省や艦政本部のお偉方にとっては当然苦々しいことで、彼らは超技術開発局を牛耳《ぎゅうじ》る目的から、これまでにも実力者を局長として送り込んでいたが、いずれも超技術開発局の掌握に失敗していた。

就任を内示された春茂は、改めて超技術開発局の内情を調べさせ、未曾有《みぞう》の艦隊である『大和』超武装艦隊の技術面の指導をした源を懐柔することに決めたのだ。

各部をリードする部長たちは、いずれも超技術開発研究所発足時からの局員のため一癖も二癖もある男たちだが、その中にあっても源は一番の頑固者として知られ、部長たちのリーダー的存在だった。

そもそも春茂などに懐柔できるような男ではないのだが、自信家の春茂は、自分ならできると踏んだのである。

この判断を見ても、春茂の先行きは暗いのだが、このときはまだそれに気づいておらず、なかなか箸の進まない源を見て、

「どうしたんだい、源君。君は相当の美食家と聞いたが、まさかこの『三日月』の料理が気に入らないというのではないだろうね」

不満と困惑を混ぜたような顔で、春茂が憮然《ぶぜん》と言った。

「不味《まず》くはありませんよ、局長。それよりも、私のようなもんにとっては、これまで一度も口にしたことがないほどの美味です」

「そうだろ。そう、君の舌は正しいよ。この時局、これほどの料理を出す料亭は、おそらく帝都にはあるまいさ」

春茂が相好《そうごう》を崩し、満足げに言った。

「たとえそうにしても、こんなものを私だけが食べるわけにはいきませんよ。局に

戻れば、わずかな睡眠で粗食を流し込みながら仕事に没頭する局員がいくらでもいるのですからね」

源が涼しい顔で言う。

春茂があわてた。

「あ、うん。もちろんそれは、私も知っているよ。しかし、源部長。長《ちょう》たるもの、いくらかは贅沢を許されてもしかるべきだろう。いや、長の贅沢は下の者にとっては目標であり、励みになると俺は思っているんだ。頑張れば、俺たちも美味《うま》いものが食べられるんだとね」

詭弁《きべん》だな、と源は思う。

今までの源であったなら、そうズバリと切り込んだだろうが、長い外部との戦いで、源もさすがに処世術のようなものを学んでいた。

「それはそれでよしとしましょう。しかし、我が局員にそんな女々《めめ》しい者はいないと信じていますが、ね。そして、私自身もそういう男です。美味いものを食うことは、確かに嫌いではありません。しかし、上の者の贅沢を見てそれを目標になどしませんよ。私の目標は皇国の戦力を高めること。そのために、強力でより完璧に近い艦艇を開発することです。

粗食はつらいですが、目標を見失うことに比べれば、取るに足らないことです」

源の言うことがある意味で正論なだけに、春茂も言葉を返せない。

「しかしまあ、料理をこのままにしておくのももったいないですからね。局長。折りに詰めてもらいましょうか。腹を減らしている局員たちの土産《みやげ》にさせていただきますよ」

「う、うん、それはいい考えだが、この手の料理は、熱いものは熱く、冷たいものは冷たく食べるのが作法だよ。折り詰めなどにしたら、興《きょう》が削《そ》がれると思うが」

春茂は止めたが、それを聞くような源ではなかった。

「空腹であれば、なんでも美味いものですよ、局長。私たちはそうやって仕事をしてきました。古い作法を壊して新しい作法を作る。それが超技術開発局のやり方です。私たちはそれをやめるつもりはありません。やめるときは局を辞するときと、皆が思っているんですよ」

源の言葉は決して強くないし、風貌にもさほど鋭さはない。しかしこれは、明らかに春茂に対する源の宣戦布告であった。

折り詰めを抱えて玄関から出て行く源の後ろ姿を見ながら、春茂は今日の作戦の失敗に顔を歪《ゆが》めた。

「覚えておれよ、源……」

春茂が、吐き出すように言った。

一方の源は、玄関を出た瞬間に、脳裏から春茂の存在が消えていた。

彼の脳裏に代わって浮かんできたのは、彼と彼の部下たちが新たに『大和』超武装艦隊に送った新兵器のことだった。

自信はむろんある。

しかし、何か足りないものがあったような気もするのだ。

源という男は、自分でも言ったとおり完璧を目指す男なのである。


『2』

ギギギィ――――ッ。
ギギギィ――――ッ。
疾走してきた異形《いぎよう》の艦隊に驚いたのか、滑空していた海鳥の群れが啼《な》き喚《わめ》きながら左右に割れた。
「まったく、源少将という人はどこまで奇才なのでしょうかね」

『大和』超武装艦隊旗艦空母『大和』の艦橋で、参謀長の仙石隆太郎《せんごくりゅうたろう》大佐が、思い出したように言った。

仙石が口にしたのは、新たに『大和』超武装艦隊に配備された新兵器のことである。

「ふふっ。驚きが尽きないようだね、参謀長」

『大和』超武装艦隊司令長官竜胆啓太《りんどうけいた》中将が、からかうように言った。

「いえ、ちらっと海面に例の潜望鏡が見えたものですから。くどいですね、私も」

仙石参謀長が、軽く首筋を撫でながら苦笑した。

「かまわんさ。源少将のすごさは、いくら褒めても足りないくらいだからな」

竜胆長官が少し顔を引き締めて言い、

「しかも、これで終わりではないらしいからな」

と続けた。

「長官。超技局（超技術開発局）の航空開発部でも、そろそろ新しいやつを投入してくるようですすよ」

意気込むように言ったのは『大和』超武装艦隊航空参謀牧原俊英《まきはらとしひで》中佐である。

これまでにも超技局の各開発部は『大和』超武装艦隊へいろいろな新兵器と新技

術を提供してきたが、源が掌握している艦船開発部が目立っていたことは否《いな》めない。

航空参謀の牧原にすれば、どうにもそれが歯がゆいらしく、航空開発部の新兵器投入を心待ちにしていたところに吉報が入っていたのである。

「新しい艦上戦闘機のことだったな、航空参謀」

「はい。まだ詳細情報は入っていませんが、期待していいようです」

「おいおい。あんまり期待すると、あとでがっくりと来るんじゃないか」

仙石が意地の悪い口を利いた。もちろん本気ではない。

「そ、そんなことはないですよ。源少将も優秀な方ですが、航空部長の笹木《ささき》少将も負けないほどの人物です。期待はずれなんぞということは絶対にありません。私は信じています」

「ふふっ。参謀長はからかっているだけさ。他意はないよ」

むきになった牧原をなだめるように、竜胆が言った。

「まあ、そう言うことだ、航空参謀。俺だって、笹木少将の力を疑ってはいない。ただ、過度に喜びすぎて、お前のがっかりした姿を見たくなかっただけだよ」

「な、なるほど……」

「それより、市江田《いちえだ》中尉の様子はどうだ？　木月《きづき》中佐の戦死が相当にこたえていたようだが」

「市江田にとって木月中佐は、上官以上の存在だったようですから、確かにかなりのショックだったでしょう。今はどうにか落ち着きを取り戻したようです。とにかく、艦戦部隊の隊長にいつまでもめそめそしてもらっているわけにはいきませんからね」

「その調子じゃあ、航空参謀もずいぶんとハッパをかけたようだな」

「いえ、そうでもありません。市江田という男は見かけは優男《やさおとこ》で線が細く見えますが、芯は太く熱い男です。とやかく言うのは逆効果だと考えて、ほうっておきました」

「ほう、航空参謀もなかなか人を扱うのがうまくなってきたようだな。ねえ、長官」

「うん。そのようだね」

「よ、よしてくださいよ、長官も参謀長も。自分なんぞまだまだ青二才ですから」

「そうではないさ、牧原。本当の青二才はだな、普通、自分を青二才だと思っていない。だからこそ未熟なんだが、お前は自分が見えている。そういうことだ」

いかにも仙石らしい持って回った言い方だったが、言わんとしていることはよくわかるので、牧原は素直にうなずいた。

「長官、参謀長。例の新兵器が浮上するようですよ」

そう言ったのは『大和』艦長柊竜一《ひいらぎりゅういち》大佐だ。

竜胆たちが、柊艦長の示した方向に双眼鏡を向ける。

これまでの日本海軍のものとはまったく異なる黒い艦体の潜水艦が浮上してきた。

後《のち》に「黒鮫《ブラックシャーク》」と呼ばれ、アメリカ艦艇を恐怖に陥《おとしい》れる『伊《い》九〇一号』潜水艦の雄姿である。

しかしまだこのときは、『黒鮫』の本当の恐ろしさを『大和』超武装艦隊の司令部員さえもが気づいていない。

海鳥が、また啼いた。

風が強くなり、天候が変わることを示していた。

戦《いくさ》の嵐が始まろうとしている。

第一章　南太平洋連合海軍壊滅

『1』

連合国軍側で南太平洋海域をカバーするのは、ロバート・ゴームレー米中将指揮下のアメリカ海軍と、オーストラリア海軍（一部残存イギリス海軍を含む）の連合部隊である南太平洋連合海軍である。

この南太平洋連合海軍を、日本海軍によって消滅させられたABDA艦隊と、よく比することがあるが、実態はかなり違う。

こちらの連合海軍は、連合とは名ばかりで、主体はアメリカ海軍にあり、オーストラリア海軍はアメリカ海軍の麾下的《きかてき》な存在であった。ABDA艦隊にあったような、連合部隊的な色合いはまったくと言っていいほどないのである。

初めから戦力的にオーストラリア海軍が弱小であったこともあるが、旧宗主国のイギリス海軍がアジアから追い出されてしまったことで、独自の軍事行動がとれないオーストラリアは、アメリカに頼らざるを得なかった。オーストラリア軍にとっては、屈辱と言っていい状況である。

そして、なお悲劇だったのは、ゴームレーという人物が、傲慢《ごうまん》でプライドの塊《かたまり》のような男だったことだ。

「ニミッツに、大きな期待をかけないほうがよろしいでしょうな」

オーストラリア首相ジョン・カーティンに向かって、ゴームレー南太平洋連合海軍司令官がしたり顔で言ったのは、ニミッツが太平洋艦隊司令長官として赴任した翌年の初頭のことである。

アメリカとオーストラリアの緊密な関係ができてから、ゴームレーは何度か首相官邸に現われては言いたいことを言って帰るのが常であった。

話の内容のほとんどがゴームレー自身の自慢話なのだが、カーティンは黙って聞くしかない。

このときも、

「首相閣下もご存じのように、ニミッツは二階級特進によって太平洋艦隊の司令長官に任じられたが、それはあの男が優秀だからではないのです」

ゴームレーはしたり顔で言った。

「と、言われますと……」

「フフッ、それは首相閣下がよくご存じではありませんか」

ゴームレーは皮肉をたたえた笑みを浮かべ、カーティンを見た。

「……政治ですか」

カーティンが、つぶやいた。

「さよう。本国の友人たちの情報によれば、この私を太平洋艦隊司令長官に任ずるという話もあったようです。だが、できなかった」

ゴームレーが言葉を切り、悔しげに口元を歪《ゆが》めた。

「政治的判断によってそれは潰されたのですよ、首相閣下。私がその座に就くと困る政治家や海軍首脳の圧力でね」

カーティンが、少し顔を背《そむ》けた。

彼はオーストラリア首相である。ある意味において、政治の中心にいる政治家と言えた。だから、いわれのない責めをゴームレーから受けたような気がしたのである。

ゴームレーは、カーティンの思いを知ってか知らずか言葉を続けた。

「窮《きゆう》したルーズベルトたちは、その場をしのぐためだけの方策を練った。それが、任官させてもさほど異論が出にくい小物、ニミッツですよ。

だが、少将では司令長官にはなれない。そこで無謀にも二階級特進させ、長官に任じるという愚作を実行したというわけです。

しかし本来は少将ですからね。大きな期待ができるはずもないということですよ。まあ、ここまで話せば、聡明な首相閣下なら納得できるでしょう。どうですか」

ゴームレーの言葉に、カーティンはうなずく。しかし、カーティンはニミッツという人物をほとんど知らないのだから、正しい判断などできはしない。

だが、ここでゴームレーに異を唱えることがそれこそどれほど愚作であるかは、十分に知っていた。

そしてこれこそが、アメリカの支援を得るためにカーティンが下した政治的判断だったのである。

「ニミッツがどんなに無能で、ルーズベルトの策が目も当てられぬ代物《しろもの》だったか、そのうちわかるでしょう」

ゴームレーが自信たっぷりに、言う。

「なるほどね」

カーティンは答えたが、内心は別だ。

知り合ってさほど時間は経っていないが、カーティンの慧眼《けいがん》はゴームレーという男が自分で言うほどの人物ではないと見抜いていた。

（ともあれ、他に選択肢はない。イギリスが頼りにならない現状では、我がオーストラリアはアメリカに頼るしかないのだからな）

建前上、オーストラリアは独立国ではある。

しかし、現実は違う。

オーストラリアは、国家として存在するために今でも旧宗主国イギリスに様々な面で依存していた。工業国というほどの工業力がなく、農業国にもなり得ないオーストラリアは、国家としてはまだ中途半端な国だったのである。

その宗主国たるイギリスが、アジアから閉め出されてしまったのだ。こうなれば頼れるのはアメリカぐらいしかない。

だから今は、オーストラリアにとってアメリカがまさに生命線だったのである。

（いずれ我がオーストラリアも、アメリカやイギリスとは訣別して真の独立国家たり得ねばならないし、なり得るはずだ。しかし、それにはまだ時間が必要だ。時間が……）

カーティンは深い苦衷を胸に、オーストラリアの未来を夢見る。

一時期は押し寄せる困難のためアルコール依存症にまで追い込まれたジョン・カーティン首相の実態は、現実主義と理想主義に揺れるロマンチストだったのである。

南太平洋連合海軍が、新たなる母港として、南太平洋に浮かぶニューカレドニア島南東部にある軍港ヌーメアを定めたのは、数カ月前のことだ。

アメリカ軍は、オーストラリアを庇護する条件として南太平洋に点在する島々に基地を置いたが、ニューカレドニア島はそれらの基地とオーストラリア本土を結ぶコースの中継地点として、非常に都合の良い位置にあった。

しかも、日本海軍がアメリカとオーストラリアを分断しようという意図の元にソロモン諸島を狙っていることが判明した現在、その意味においてもヌーメアは要所であった。

ヌーメア港に入港していた連合海軍艦隊旗艦アメリカ海軍軽巡『サンジュアン』を訪れたゴームレー中将は、

「どうだね、このヌーメアを母港に決めた私の読みは」

自信満々に言ったが、実際は少し違う。

ヌーメアを提唱したのは、アメリカ海軍重巡『クインシー』の艦長のL・リーフコーン大佐だからだ。

それどころか、初めはヌーメア案に対して、ゴームレーは首を傾《かし》げたくらいだった。

しかし、ダグラス・マッカーサー陸軍大将が、フィリピンを逃がれてオーストラリア本土に自分の陸軍司令部を置くと、ゴームレーはヌーメア母港案を承諾した。

会ったことはないが、ゴームレーはマッカーサーに自分と似た資質があることを感じており、異常な反発心を抱いていたため、マッカーサーを避けようと考えたのである。

だからゴームレーは、ヌーメア港が要衝であると読んで決めたわけではないのだ。

それが今は、いかにも自分の読みだと公言しているのだから、心ある将校たちは、内心で忸怩《じくじ》たる思いを感じていた。

もっともこれも、ゴームレーにかかると彼なりの理屈がある。

「部下の具申は具申であり、それを吟味《ぎんみ》して決定するのは私だ。要するに私の許可がなければどんな意見も採用されないのだから、採用されたものはすべて私の考えであることになんの問題もない」

と、ゴームレーは言うのである。

身勝手な理屈だが、それを不思議でもなんでもないと考えているところに、ゴームレー中将という人間の本質があった。

ゴームレーに反発する者の中の代表格が、南太平洋連合海軍艦隊指揮官ノーマン・スコット少将である。

スコット少将は堅実な実践派として知られ、部下からの信頼も厚かった。

それだけに身勝手なゴームレーに対しては、赴任当初から反発する気持ちはあった。

しかし、スコットがそれを表だって表明してこなかったのは、彼の性格であろう。

敵との戦いには驚くべき闘志を示すスコットだが、そんな姿からは信じられないくらいにファミリー思考が強い性格で、チームワークこそが勝利の鍵だと考えており、人間関係での軋轢《あつれき》を極度に嫌ったのである。

自分とゴームレーの確執があっては、連合海軍艦隊自体のチームワークを壊すことになると恐れたのだ。

（だがそれも、そろそろ限界に近づきつつあるのかもしれない）

さすがのスコットも、近頃ではそう思い始めていた。

そしてそれが、南太平洋連合海軍艦隊の命運を分けたと言っても、言い過ぎではないかもしれない。


『2』


ザザザザ――――――ッ。

ズザザ――――ッ。

ラバウル基地のあるニューブリテン島南方三〇〇カイリの珊瑚《さんご》海《かい》海域を、新設されて間もない第八艦隊が波を切り裂くように進んでいた。

有利な戦況で戦いを続ける日本海軍連合艦隊だが、当然、被害がないというわけではない。

中には、艦隊や戦隊として行動するには数などで不都合が出たものもあり、海軍省は連合艦隊に編制を改める予定を打診した。ややまわりくどい通達は、今や国民の間で「軍神」とまで言われるようになった連合艦隊司令長官山本五十六《いそろく》大将に対する遠慮である。

連合艦隊の返事は、海軍省を驚かせた。こちらでも検討中であり、了承するというものだったからである。

だが実際に改編となると、明日明後日というわけにもいかない。

しかし、珊瑚海および南太平洋は風雲急を告げており、現在の部隊では戦力不十分であることは明白で、海軍省は改編に先だって第八航空戦隊、第六戦隊、第一六戦隊を主力とした第八艦隊を編制し、派遣した。

第八艦隊司令長官は三川軍一《みかわぐんいち》中将。

三国志の猛将張飛《ちょうひ》になぞらえられるほどの剛《ごう》の者である。

生一本《きいっぽん》の性格は、ときには人に「三川は融通の利かない頑固者」という誤解を与えることもあるが、確かにさほど思慮深いタイプではないものの、かといって決して行動だけの武人というわけでもなかった。

第八艦隊の要《かなめ》である第八航空戦隊に配転された空母は、『鳳翔《ほうしょう》』『龍驤《りゅうじょう》』の二隻である。

日本海軍初の空母『鳳翔』は、基準排水量七四七〇トンの小型空母で、すでに老朽艦と言われてもしかたがない艦である。

一方の『龍驤』も、当初は『鳳翔』の改良型というコンセプトでスタートした空母で、これも基準排水量八〇〇〇トンの小型空母であった。

「やれやれ、二隻のお古で私たちにどうしろと言うのでしょうか」

旗艦空母『龍驤』の艦橋で、これまでに何度も言ってきた繰り言を吐いたのは、第八艦隊参謀長大西新蔵《しんぞう》少将である。

三川長官はチラリと大西参謀長を見たが、何も言わずに手にしていた双眼鏡を目に当てた。

正直なところ、三川の思いも大西に近い。三川はこれまで機動艦隊を直接指揮したことはないが、自分に与えられた戦力が機動部隊としては力不足であることぐらいはわかっている。

しかし三川が大西と違うのは、覚悟だ。

不満などというものは言えばきりがないもので、無いものは無いと割り切り、あるもので全力を尽くす。そういう覚悟が三川にはあり、大西には不足していた。

三川はそれでも、大西参謀長を責める気も意見や小言を言う気もなかった。

愚痴っぽい面もあるが、大西は参謀長としては有能な男だったし、部下にも慕われる人物だったからだ。

「我が艦隊と同じように、完全なものなどしょせんはない。足らぬものは、あるもので補えばいいだけのことだ」

三川はそう考えていた。

三川が単純な頑固者ではないという証《あかし》のような、考え方である。


三川の第八艦隊から東方二五〇マイルの深度八〇メートルの海中に『黒鮫』こと『伊九〇一号』潜水艦はいた。

深度八〇メートルともなると太陽光線は届きにくくなり海中は相当に薄暗く、一ノットで進む『伊九〇一号』の姿もおぼろげだ。

だが、艦影がこの時代の普通の潜水艦とは違うことだけははっきりとわかる。

それだけ『伊九〇一号』という潜水艦は、画期的な艦体を持っているのであった。

『伊九〇一号』以外の伊号潜水艦や、ドイツ海軍のUボート、むろんアメリカの潜水艦も、この時代の潜水艦は、ほぼ平型の日本刀の切っ先のような艦体を持ったものが普通である。

ところが『伊九〇一号』は違う。

『伊九〇一号』は、現代の潜水艦に近い円形の断面を持ち、全体では涙型をしていたのである。

しかし、もっとおもしろいのは甲板前方なのだが、それは後《のち》に明らかになるだろう。

「浮上する」

落ち着いた声で命じたのは、『伊九〇一号』潜水艦長橋元金伍《はしもときんご》大佐である。

階級から言えば、大佐の多くは潜水艦長を卒業しているのが普通だ。しかし橋元は、未曾有《みぞう》の潜水艦投入という事態に、山本五十六連合艦隊司令長官から直《じか》に就任を依頼され、快諾した。

根っからの潜水艦乗りである橋元にとって、『伊九〇一号』は他人には任せたくないほどに魅力的な潜水艦だったからである。

橋元が揃えた機関長、航海長、水雷長、砲術長などの部下たちも粒ぞろいだったが、遊軍的な性格の『大和』超武装艦隊の中にあって『伊九〇一号』はさらに単独行を求められるため、中途半端な者では務まるはずもなかった。

ズブワァァ――――ンッ。

海面を引き裂いて『伊九〇一号』が浮上した。

ハッチが開き、乗組員たちは甲板に立つと大きく息を吸った。

長時間海中に潜む潜水艦乗りにとって、新鮮な空気は何よりのご馳走である。それは上官であろうと、二等兵であろうと変わりはない。

『伊九〇一号』が再び海中に潜り込んだのは、二時間後である。

これであと数日は『伊九〇一号』が浮上することはないはずだ。


ウィ――――――ン。

索敵任務から戻った九七式艦上攻撃機が、エンジンの出力を絞って着艦の態勢を取った。

超弩級《どきゅう》空母『大和』の飛行甲板は広いから、他の空母に比べると着艦はしやすいと言われているが、着艦は油断すると大きな事故を招くだけに誰もが真剣だ。

ダン。

着艦した九七式艦攻が飛行甲板を滑る。

グィ――ン。

機体底部のフックが停止用のロープをとらえ、九七式艦攻の速度ががっくりと落ちて停止した。

着艦の様子を艦橋から見ていた『大和』超武装艦隊参謀長仙石隆太郎大佐が、小さく息を吐いて、

「索敵機をもっと増やしますか」

と、司令長官竜胆啓太中将に聞いた。

「いや、いいだろう。敵艦隊はこの辺りにはいない。君もそう思っているんだろ」

竜胆が穏やかな笑みを浮かべた顔で答えた。

「ええ。そうは思っていますが、決めつけは危険ですからね」

仙石が真面目な顔で応じる。

「うん。それは間違いないがね。しかし、倹約もまた戦いでは大切な要素だぞ、参謀長。特に我が国の場合は、燃料などの必要物資は十分とは言えないからな」

笑みが消え、心持ち竜胆の顔が曇る。

「ええ。確かにそれが我が国の抱える大きな問題ですね。だから山本閣下も、長期戦は難しいと判断して、これまでの艦隊に比べると飛躍的に戦闘力のある我が武装艦隊を創設したのですから」

「そういうことだ。それだけ俺たちの任務は重く、大きく、そして失敗は許されない」

力みかえった声ではないが、竜胆の言葉には固い決意が滲《にじ》んでいる。

竜胆の決意に押されたように、仙石参謀長は黙って首を縦に振った。

「西部方面の索敵機から、敵艦発見できず、これより帰還す、の連絡です」

「そうか。やはり探索海域を変えたほうが良さそうだな」

「承知しました。艦長。針路北北西」

「針路北北西」

『大和』艦長柊竜一大佐が復誦した。

ゴッゴッゴーッ。

基準排水量七万五〇〇〇トン、全長三〇五メートル、最大幅四三・二メートルの世界海軍史上未曾有の巨体が、重いエンジン音を轟《とどろ》かせながらゆっくりと身を捻《ひね》った。


『3』


ノーマン・スコット少将の率いる南太平洋連合海軍艦隊が、母港ヌーメアを出撃したのは五月下旬である。

実はこの出撃については、南太平洋連合海軍司令官ゴームレー中将とスコット少将の間で一悶着《ひともんちゃく》があった。

「陸軍航空部隊に頼るような真似は、私は断固反対であります」

きっぱりと言うスコット少将を、ゴームレー中将はびっくりしたように見た。従順な子猫に引っかかれたような気がしたのである。

「誰も陸軍に頼るとは言っていないじゃないか」

ゴームレーが露骨に嫌な顔をして、続けた。

「しかし、現在の我々の戦力では、日本海軍が投入してきた艦隊と戦っても分《ぶ》が悪い。何しろ私たちには航空戦力が皆無なんだからな。

だから、出撃するのであれば、陸軍の航空部隊にも花を持たせようと私は言っているのだ。あくまで主は我々で、従は陸軍なんだ。だから頼っているわけではない」

ゴームレーが突き放すように言った。

いつもならこの辺りでスコットも引く。

しかし、今日は違った。

「詭弁《きべん》ですな、司令官。普通に考えて、司令官のおっしゃることは頼るということです」

白け顔でスコットが逆らい続けた。

「まだ言うか！　いいか。お前は私に従っていればいいんだ。そうとも、お前の意見など私には必要ないんだ！」

しつこいスコットに業《ごう》を煮やし、ゴームレーが語気を荒げた。

「以上だ」

とどめのようにゴームレーがそっぽを向いた。

「それではどうしても出撃は許さないと」

スコットがまだ食い下がった。

「以上だと言っている。わからんのか」

ゴームレーは顔を背けたまま、うざったそうに言い放つ。

「笑いものになりますよ、司令官。太平洋艦隊のニミッツ長官に笑われるでしょうね。出撃せねば腰抜けです」

ゴームレーの唇がわずかに歪む。スコットの言葉はゴームレーの急所を突いたらしい。

他人が自分をどう評価するかに敏感なゴームレーにも、今動かなければ南太平洋連合海軍の評判を曇らせることはわかっているのである。できれば動いて、連合海軍の名をあげたいのはやまやまなのだ。

だが、彼の元にある情報では、スコットに言った通り、日本艦隊と戦っても不利は否《いな》めない。下手をすれば、無様《ぶざま》な結果を招くかもしれないのだ。そんな冒険をゴームレーは冒したくなかった。

だからこそ、なんとか陸軍を丸め込んで航空戦力を得ようと努力してきたのである。もちろん、作戦の主力はあくまで海軍という方向でだ。

しかし、アメリカ陸軍だって阿呆《あほう》ではない。ゴームレーの意図を悟ってか、いまもってゴームレーの望むような返事を寄こさない。

「マッカーサーだ。あいつが私の邪魔をしているのに違いない」

現在、この方面の陸軍指揮官の座には、陸軍大将ダグラス・マッカーサーがいる。

彼が嫌いなゴームレーは、そう思っていた。

ゴームレーの苛立《いらだ》ちが頂点に達しようというところに、スコットが海軍単独で日本艦隊に決戦を挑みたいと言ってきたのである。

ゴームレーが、スコットに対して素直にうなずけるはずはない。

しかしスコットの言葉も、あながち無視はできなくなっていた。

態度を変えたゴームレーは、

「……わかった。ただし……この出撃は、君の独断専行だ。私は最後まで反対した。そう記録には残すぞ」

自己保身満々の言葉を吐いた。

「結構です」

予想通りのゴームレーの反応だが、スコット少将はさばさばした表情でうなずいた。

今さらゴームレーに責任感のある司令官を望めるはずはないと、スコットは達観している。

(この人に、これまで何かを期待していた私が愚かだったのだ)

作戦が成功すれば、ゴームレーはすべてを自らの手柄にし、反対にスコットがドジを踏めば、責任はすべてスコットに被せるだろう。そのことも、スコット少将は十分に承知していた。

(手柄か……もちろん私だって、人並みに手柄を上げて出世したい気持ちもないわけではない。しかし、それ以上に国の将来を守ること、それが軍人としての私の使命なのだ。姑息な手段を使ってまでも手柄を上げようとするような人物とは、私は違うのだ)

軍人として正しくまっすぐに使命を全《まっと》うしようとするスコット少将の背中は、悲壮な炎に包まれていた。

しかしこのときのスコット少将の判断、つまり陸軍航空隊の支援を受けないという覚悟が、作戦面で正鵠《せいこく》を射たものであったかについては、疑問があったかもしれない。

『4』

「松本二飛曹！　九時の方向を」

第八航空戦隊麾下の索敵機である零式水上偵察機の操縦員の吉田久作《きゅうさく》一飛兵が叫んだ。

吉田一飛兵の言葉に促《うなが》され、眼下の海面に双眼鏡の先を移した偵察員松本嗣男《つぐお》二飛曹が、

「輸送船団のようだが、違うなあ。艦型から見てアメリカの軍艦じゃねえな。かといって、日本の艦とも違っているし……」

と、いぶかしそうに言った。

「しかし、松本二飛曹。今どきこんなところに、アメリカや連合軍以外の輸送船団がいるはずないじゃないですか」

吉田一飛曹が、困惑したように叫んだ。

「まあ、それはそうだがよ」

「どうしますか。艦隊にはどう無電を打てばいいんでしょう?」

後部座席の電信員中原啓三《けいぞう》飛曹が聞いてきた。

「……正直に送って、判断は司令部にしてもらうしかねえだろう」

松本二飛曹が、意を決したように言った。


「国籍不明の輸送船団?」

零式水上偵察機からの報告に、三川軍一第八艦隊司令長官が目を細めてつぶやくように言った。

「アメリカの新型艦艇ではありませんかね」

三川の横にいる大西新蔵参謀長が、首を傾げるようにして答える。

「……宍戸《ししど》艦長。君の意見は?」

三川の問いに、第八艦隊旗艦空母『龍驤』艦長の宍戸三朗《さぶろう》大佐が重そうに口を開いた。

「はい。参謀長のご意見も可能性は否定できませんが、各国の艦艇にはその国特有の特色というものがあります。それは新型の艦を建造したとしても、まったく完全に消えるとは思えません。ベテランの索敵機乗りなら、そこいらあたりは十分に承知しているはずです。その彼らが判断に迷うということは、その輸送船団を護衛する艦艇はアメリカ海軍のものとはまるで違う艦型や兵装を備えていると思われます」

「それは私もわかっているが、しかしそうなると、艦長、この輸送船団はどこのものだと？」

「さあ、実際に目にしたわけではありませんし、索敵機からの報告だけでは私にもちょっと……」

宍戸艦長が、ゆっくりと首を左右に振った。

「長官。この際は国籍などどうでもいいと思われます。要は、その船団に対して攻撃するかどうかではありませんか」

一気に言ってのけたのは、第八艦隊で初めて作戦参謀に就任した石場《いしば》忠司《ちゅうじ》大佐だった。

「うむ」

三川が、うなずいて、

「作戦参謀は、攻撃せよ、という意見のようだな」

と聞いた。

「はい。発見された海域に、味方の輸送船団がいるはずはありません。となれば、このままほうっておくわけにはいきません」

新しい仕事にやる気満々の作戦参謀は、きっぱりと言った。

「うん。私も同意見だよ、作戦参謀。少なくとも味方でないことは明らかだからな。よし、参謀長。攻撃部隊の準備だ。距離は少しあるが、どうにか足りるはずだな、参謀長」

「はい。いけると思います」

大西が自信たっぷりに答えた。


「機影はまだ電波警戒機《レーダー》に映っているか」

『大和』超武装艦隊囮《おとり》戦隊旗艦軽巡『大化《たいか》』の艦橋で、囮戦隊司令篠田《しのだ》一正《かずまさ》少将が苦り切った顔で聞いた。

「はい。映っているようです」

答えたのは篠田司令の片腕、先任参謀小川寛二《かんじ》少佐である。

超技局が開発し、『大和』超武装艦隊麾下の艦艇に搭載された電波警戒機（レーダー）は、レーダー先進国のイギリスやドイツのものと比べるとやや能力的には落ちるものの、他の艦艇に実験的に搭載が始まっている艦政本部の開発した正規電波警戒機（レーダー）に比べれば、格段に優秀なものであった。

その電波警戒機（レーダー）に日本海軍の索敵機らしい機影が映ったのは、二〇分ほど前である。

三川の第八艦隊は、この海域にいる日本艦隊は自分たちだけと思っているが、『大和』超武装艦隊は違う。

詳細な情報はともかくも、この海域に第八艦隊がいることは知っているから、囮戦隊司令部は即座に迷うことなく電波警戒機（レーダー）に映ったのが味方機であることを見抜いていた。

見抜きはしたが、しかし囮戦隊にとってこれは困った状況だった。そして、いつかは遭遇するかもしれないと予測されていた恐るべき状況でもあった。

囮戦隊は自分たちの正体を明かすことができないため、味方である日本艦隊から攻撃を受ける可能性も高い。

しかも、攻撃されたとしても、当然のことながら囮戦隊には応戦は許されないのだ。

篠田司令の表情が冴えないのは当たり前であろう。

「その上に、第八艦隊の指揮官はあの猛将と誉れ高い三川中将ですからね。絶対に見逃がしてくれるとは思えませんよ……」

小川先任参謀も、苦しそうに言う。

「やっぱり、俺たちにとれる策は逃走しかないのだが……な」

篠田が、呻《うめ》いた。

「ええ。となれば、問題は第八艦隊と我が戦隊の距離と位置、それに方向ですね。距離があれば逃走は難しくはありませんが、近いとなると我々には応戦は許されないのですから、それなりの被害は覚悟しなければなりませんし、正確な位置と方向がわからないのですから、下手をすると逃げるつもりが相手に近づいてしまう可能性も否定できません」

小川が冷徹な結論を出す。

「まあ、位置と方向については、連合艦隊の資料からある程度は予測できるからなんとかなるが、距離はそうもいかん。そう近くはないはずだとしか、正直なところ言えないな」

「司令。本隊から暗電です。第八艦隊は我が戦隊の北西二九〇カイリ、とのことです」

「ちっ。竜胆長官も憎いことをしてくれるぜ」

篠田がにやりと笑い、

「こっちの後陣にも、ちゃんと目を配っていてくれたらしいな」

「まあ、当然と言えば当然ですがね」

小川先任参謀は憎まれ口を聞いたが、むろん本音ではない。先ほどまでとうって変わった明るい表情が、それを証明していた。


「長官。謎の輸送船団が転針しました！」

「なにっ！」

「方向から考えて、出撃した攻撃部隊が謎の輸送船団上空に達するのは難しそうです。運良く会敵できたとしても、燃料の関係で攻撃部隊が攻撃にかけられる時間は数分と推測されます」

「うむ……」

うなずいたあと三川中将は、沈黙したまま天井の一点を見つめた。

「攻撃部隊、帰還」

やがて顔を正面に戻すと、三川は腹にある無念を隠すかのように、穏やかな声で短く命じた。

「攻撃部隊を、帰還させろ」

すぐに大西参謀長が、復誦した。


西の海が真っ赤に燃えている。半分水平線に隠れた太陽のせいだ。

波は穏やかで、海面は一枚の真っ赤なシーツのようである。

深紅に照らされた超弩級空母『大和』は、そのシーツの上を滑るように航走していた。

「やれやれですな、長官」

第八艦隊の航空攻撃部隊が、攻撃を諦めて帰還したことを知って、『大和』超武装艦隊参謀長仙石隆太郎大佐が、緊張を解くようにして言った。

「囮戦隊と味方艦隊との遭遇という事態は、想定していたとはいえ、実際にそうなってみるとずいぶんと心配したよ。がまあ、どうにかうまくやってくれたようだな、彼らは」

『大和』超武装艦隊司令長官竜胆啓太が、安堵の表情で言った。

「ほおーっ。長官でもそのような心配をされることがあるんですね」

「おいおい、参謀長。俺をなんだと思ってるんだ。俺だって血も涙もある人間だぜ。心配もすりゃあ不安でおろおろもするときもあるさ。しかし……」

「しかし、指揮官たる者は自分の感情を自制するように訓練されている。指揮官がときどきの感情に左右されていたら、部下たちに示しがつかないばかりか、よけいな不安や期待を与えかねませんからね」

「そういうことだ」

「ご心配に及びません、その点、長官は見事に自分を制御されておりますからね」

「だといいがね。実を言うと、本来の俺は感情の起伏が大きいほうだからな。これでも結構、その点については苦労している」

「でしたらかまいませんよ、長官。ときには感情をお出しいただいても。私たちはもはやそんなことで長官のお力を疑ったりしませんからね。ただしあくまでも、ときには、ですが」

「ふふっ。ありがとう。それではそうさせてもらおうかな。ああ、わかっている。あくまでときには、だがな」

竜胆が言うと、仙石が大声で笑った。

呼応するように参謀たちも笑い、大和の艦橋にこの日初めての温もりが満たされた。

竜胆は改めて仙石という男が参謀長であったことを感謝した。

本来の参謀長としても仙石は非凡なひらめきを見せたが、同時に司令部に精神的な暗雲がたち込めたときに、彼はいつも手品師のようにそれを晴らす才能を持っていた。

そしてそれは、武人一辺倒でやってきた竜胆には、まったくと言っていいほど持ち合わせない才能だったのである。

『5』

ノーマン・スコット少将が率いる南太平洋連合海軍艦隊は、すでに記したように航空戦力を持たない重巡と軽巡を主力とした艦隊である。

編制は、アメリカ海軍から、スコット少将が座乗する旗艦軽巡『サンジュアン』、重巡『クインシー』『ソルトレークシティ』『シカゴ』『アストリア』、軽巡『デトロイト』、駆逐艦四隻。

オーストラリア海軍からは、重巡『オーストラリア』『キャンベラ』、軽巡『ボマート』、駆逐艦三隻。

そしてイギリス海軍の駆逐艦三隻である。

決して強力な艦隊とは言えないが、かといってゴームレー長官が考えているほど弱小艦隊とも、スコット提督には思えない。

開戦当初は補助戦力としか考えられていなかった航空機が、その後の活躍によって意外にも有益な兵器であると列国の海軍は考え始めているが、まだまだ大艦巨砲主義、戦艦を主体とした艦砲決戦こそが海戦であると考えている軍人もいないわけではなかった。

古いタイプの軍人に多いが、スコット少将もまたその一人である。

スコットが古い考えから抜け出せないでいる原因の一つには、スコットが本格的な航空戦を経験していないこともあったろう。彼にはまだ、航空機による攻撃のすごさと恐怖が、実感できていなかったのである。

もっとも、スコット提督にしても、航空機の補助戦力としての有用性は認めており、中でもその索敵能力については大きな信頼さえ持っていた。

スコットの信奉する艦砲戦においては、一刻も早く敵を発見し、速《すみ》やかに砲の射程距離に接近することが絶対条件と言ってよかったからである。

スコットは、出撃した翌日の早朝から、彼の艦隊の持ちうるほとんどの偵察機を天空に放ち、敵発見の報を待ちわびていた。

通常、艦隊は敵に発見されないために直線コースを取ることはほとんどない。曲がり、戻り、速度を上げる、下げるなど、様々な手を使って、指揮官は自らの艦隊の安全を確保しながら航走させるのだ。

そのような航走を続けながら珊瑚海に侵入してきた『大和』航空戦隊主隊の索敵機と、海中をほぼ直線コースで進撃してきた『黒鮫』こと『伊九〇一号』潜水艦の探信儀（ソナー）が、敵艦隊、すなわちスコットの南太平洋連合海軍艦隊を発見したのはほぼ同時だった。

「距離は？」

「およそ一万二〇〇〇メートルです」

『伊九〇一号』潜水艦長橋元金伍大佐の問いに、水測員が答えた。

「一万二〇〇〇メートルか。『豪鬼《ごうき》』の射程距離としては十分だが、必中を考えるともう少し近づきたいな」

橋元が目を細めた。

橋元の口から出た『豪鬼』とは、『伊九〇一号』潜水艦が搭載する未曾有の超大型魚雷のことである。

日本海軍が世界に誇る魚雷といえば、〝酸素魚雷〟とも呼ばれる『九三式魚雷』と『九五式魚雷』がある。前者が水上艦艇用、後者が潜水艦搭載型だ。

酸素魚雷の特徴は、酸素を使用しているためにほとんど雷跡を残さず敵に発見されにくいことであるが、雷速や射程距離も当時の他国のものに比べると格段に優れていた。

例えば、雷速が最大で五〇ノットを超えるものや、射程距離が四〇キロを超える型《タイプ》もあった。

『豪鬼』は、その優れた技術の上に超技局が性能アップを加えた新鋭大型魚雷だったのである。

『豪鬼』の全長は一五メートル、直径九五センチ、炸薬量一・八トンと、命中しさえすれば一発で数万トン級の戦艦を葬《ほうむ》り去る威力を持っていた。

射程距離は一五キロ（一万五〇〇〇メートル）と一般の酸素魚雷に比べると長いほうではないが、超技局の技術者は、射程が長くなればなるほど命中率は下がることから長射程距離を廃した。その代わりに、『豪鬼』の最高速度は六七・三ノットと超高速である。

いったん『豪鬼』に狙いを定められて攻撃を受ければ、そのときはほとんど回避が不可能という速さだった。

しかし『豪鬼』が最強の魚雷である理由は、大きさや速度だけではない。

「距離三〇〇〇メートル……」

「囮魚雷一号、二号発射なせ！」

橋元潜水艦長の声が『伊九〇一号』の発令所に響く。

「囮魚雷一号、二号発射！」

水雷長の復誦後、すぐに『伊九〇一号』の前部魚雷発射管が開き、圧縮空気によって押し出された二基の魚雷が発射された。

「『豪鬼』一号、発射っ！」

間をおかず、橋元が命じる。

「『豪鬼』一号、発射っ！」

グワァンオンッ！

前部甲板に固定されていた大型魚雷が、海竜のようにゆっくりと母艦を離れる。

そして数秒後には、『豪鬼』は猛スピードで先に放たれた囮魚雷を追った。

囮魚雷のほうも早い。すでに五〇ノットは超えているだろう。

「艦長！　一〇時の方向から魚雷、二基です。おそらく潜水艦から発射されたと思われます」

アメリカ海軍麾下の重巡『シカゴ』の艦橋に緊張が走る。

「距離は？」

『シカゴ』の艦長マイケル・アンダーソン大佐が聞いた。

「一四〇〇メートルですが……」

「ですが？」

「速いんです。こいつはこれまでの魚雷より相当に速い……」

「やかましい。一四〇〇メートルなら余裕で回避できるな、航海長。そうだろう」

「任せてください」

航海長が、大きくうなずいた。

ノーザンプトン級重巡の四番艦である『シカゴ』は、基準排水量九三〇〇トン、全長一八三メートル、幅二〇・一メートルで、兵装は、二〇・三センチ三連装砲三基九門、一二・七センチ高角砲四基四門、四〇ミリ機銃三二基三二挺、二〇ミリ機銃二七基二七挺、それに水上偵察機を六機搭載しており、アメリカ海軍の中にあっては中堅的な存在の巡洋艦だった。

ゴゴゴッ。

『シカゴ』がその身をよじる。

「これで大丈夫ですよ」

航海長が大声で言って、アンダーソン艦長にウィンクした。

そのときだ。

「艦長。三基めの魚雷です！」

「くそっ。ジャップめ！」

「ああ、くそ。なんてやつだ！」

「なんだ」

「三基めのやつは、私たちが逃げる方向に進んできます。あらかじめそれを知っていたように」

「お、囮だったというのか、一基めと二基めは」

「その可能性が高いと思われます」

「回避は難しいというのか！」

「残念ですが、喰らいます……八秒後です」

「何かにつかまって衝撃に備えろ。なあに、魚雷の一発ぐらいなんとかなる。『シカゴ』はそう柔《やわ》な重巡じゃないからな」

アンダーソン艦長の言葉は、負け惜しみだけではない。当たり所が相当に悪くなければ、確かにノーザンプトン級は魚雷の一発程度ならどうにかこらえられるように設計されていた。

ただしそれは、あくまで従来の日本軍の魚雷なら、という意味である。

ズガガガガ――――――――ンッ！

『シカゴ』左舷側のほぼ中央に着弾した『豪鬼』は、まるで厚紙に激突したと思えるほどにやすやすと舷側を引き裂いた。

ざっくりと引き裂かれた舷側から、ゴォーッゴォーッと海水が渦巻き、『シカゴ』の艦体に侵入してゆく。

直撃の衝撃で艦橋の壁に吹き飛ばされたアンダーソン艦長が、頭を振りながら立ち上がった。右腕に激痛が走る。折れているようだとアンダーソンは思った。

首を左右に回し、周囲を確かめる。艦橋にいたほとんどの者が、被害を受けているようだった。

「だ、大丈夫ですか、艦長」

ひしゃげた椅子を払いのけながら言ったのは、航海長だ。航海長の右の頬は血まみれである。

「君こそ大丈夫なのか。頬が切れているようだぞ」

航海長が頬を撫で、手に付いた血を見て顔を歪めた。

「くそっ、ジャップめ。この借りは倍にして返してやるぜ」

航海長が唸《うな》るように言った。

「その点については俺も賛成だが、その前に状況を確認しようぜ、航海長。どうやら艦が傾いているようだぞ」

「そ、そのようですね。し、しかし、艦長。受けた魚雷はたった一発ですぜ。それで艦が傾くなんて、そんな馬鹿な……」

航海長がいぶかしげに眉をつり上げた。

「着弾場所が悪かった。そうとしか言えないな」

アンダーソンが暗鬱《あんうつ》な顔で言う。

まさか自分の艦を攻撃した魚雷が未曾有の新型魚雷だとは知らないのだから、当然の発想であろう。

ドガガガガァ――――――ン！

ブガガァァ――――――ンッ！

激しい炸裂音がして、『シカゴ』が震えた。

「ちっ。機関室のあたりですよ、艦長！」

「ああ。となると、おしまいかな、航海長……」

アンダーソンが呆然《ぼうぜん》として艦橋の天井を睨んだ。

グゴゴゴッと床が大きく傾き、アンダーソンは倒れまいとテーブルを摑んだ。

しかし『シカゴ』の傾き角度は予想以上で、アンダーソンは仰向《あおむ》けにひっくり返った。

「航海長。乗組員を退去させてくれ。『シカゴ』は……間違いなく沈む」

「わ、わかりました……」

同じように倒れていた航海長が、再び立ち上がるなり飛んでいった。

「何っ！　『シカゴ』がたった一発の魚雷を受けて沈没寸前だと！」

『シカゴ』からの報告を受けた南太平洋連合海軍艦隊指揮官ノーマン・スコット少将は、椅子から憮然《ぶぜん》とした顔で立ち上がった。

絶対に信じられない話だ。

「着弾直後に、機関室に大きな被害があった模様です。あっけない最期は、それが原因かと」

通信員は、そう解釈した。

「機関室を直撃か」

「はい。そうでも考えない限り、あの『シカゴ』がこうも簡単に沈むとはとても思えませんから」

通信員が解釈を続けた。

「敵潜水艦の捜索の数を増やせ。是が非でも発見し、撃沈だ！」

スコットが命じたそのとき、

「提督。敵艦隊を発見しました！」

「いたか！　距離は！」

スコットが身を乗り出す。

「北北東二〇〇マイルです。空母三隻、巡洋艦三隻、駆逐艦が八ないし九隻です」

「よし。敵艦隊に向かって全速だ！　復讐の砲弾を叩き込んでやる！」

スコット少将が闘志をむき出しにして、叫んだ。

しかし、まさかこれがアメリカ海軍にとって、大艦巨砲主義の終焉を意味していたことなど、スコット少将が知るはずもなかった。

『大和』超武装艦隊航空攻撃部隊が、南太平洋連合海軍艦隊の上空に達したのは、スコット少将が自艦隊に檄《げき》を飛ばしたわずか数分後である。

航空攻撃部隊を指揮するのは、先日戦死した故木月武《たけし》中佐の跡を継いで『大和』飛行隊長の任についた小西雅之《まさゆき》中佐で、同時に艦爆部隊の指揮官でもあった。

小西は合理主義者だと言われることが多いが、頭から情を否定するような凝り固まった人物ではない。ただ、前任者の木月中佐が人情家だったため、それと比較されて合理主義者と評価されてしまった面もある。

「どんな人間だって、木月中佐と比べられれば合理主義者だよ」

小西はそう苦笑したが、だからといって自分の生き方を木月に合わせるつもりはなかったし、合理主義者と呼ばれることを否定もしなかった。

「木月さんは木月さんで、俺は俺だ。俺に木月さんの真似はできないし、真似をする気もない。俺は俺のやれるやり方で全力を尽くすだけだ」

飛行隊長就任に際して、小西が言った言葉である。

「艦爆部隊、攻撃開始」

先駆けの艦攻部隊の攻撃が、終幕に近づきつつあるのを確認した小西が、艦爆部隊に命じた。

すでに、艦攻部隊の魚雷攻撃によって、南太平洋連合海軍艦隊麾下の艦艇の数隻が黒煙と紅蓮《ぐれん》の炎を噴き上げていた。

艦爆部隊の任務は、二五〇キロ爆弾でそれらの艦艇にとどめを刺すか、あるいは対空砲火能力を減じるものだった。

高度三〇〇〇メートルからまるで獲物を食らいつくそうとする猛禽《もうきん》のように、九九式艦上爆撃機が腹に二五〇キロ爆弾を抱えて急降下する。

ギュギュ――――――ン。

すさまじい降下スピードに、翼が泣き叫ぶ。

ボォムッ!

ボォムッ!

流れ消える風防の外に敵の放つ高射砲弾が炸裂し、九九式艦爆の塔乗員の肝《きも》を冷やす。

喰らえば、九九式艦爆は瞬時にして空中に散り飛ぶのだ。

操縦員の目にグングンと敵艦が大きくなっていくのが見え、一刻も早く爆弾を放って攻撃から離脱したい思いが心に満ちる。

しかし、この高度で爆弾を放つわけにはいかない。放っても命中は期待できないからだ。

ヒュンヒュンヒュン。

炎色の機銃弾が機体をかすめてゆく。

グワァァ———ン。

機銃弾をもらった一機の九九式艦爆が炸裂し、散った。

「くそ———っ」

体内にあふれかえっていたアドレナリンが、操縦員の中で爆発した。

ウィ———ン。

操縦桿を引く操縦員の手の平は汗まみれだ。

「撃《て》ーっ！」

後部座席の偵察員が叫んだ。同時に操縦員が爆弾を投下する。

ヒュンッ！

放たれた二五〇キロ爆弾が敵艦を目差す。

ズガガガ――――ンッ!

だが、歓喜に酔っている暇はない。

「命中だ!」

これからの離脱も、艦爆搭乗員にとっては命がけなのだ。

操縦員が慎重にタイミングを計りだした。

ズドド――――ンッ!

日本軍艦爆の攻撃を受けたオーストラリア海軍の重巡『オーストラリア』の前方甲板に亀裂が走り、そこから激しく白煙を噴き上げた。

むろん二五〇キロ爆弾一発の直撃ぐらいでは、そう簡単に重巡の厚い甲板に亀裂など走ることはない。

それには、伏線があった。

艦爆による攻撃の前に『オーストラリア』は魚雷を二発受けており、艦内のあちらこちらに火災を発生させていたため、亀裂の呼び水になったというわけだ。

グゥババ――――ン!

亀裂は一瞬にして裂け目となり、白煙は黒煙と炎に変わった。

ズズ――――ン!

ガガガガ―――――ン！

イギリス海軍のお下がりとも言える重巡『オーストラリア』は、瞬《また》く間に全身を炎に包んだ。

誰の目にも『オーストラリア』が永遠の眠りにつくことは明らかだった。

『オーストラリア』の僚艦で姉妹艦でもある『キャンベラ』に座乗していたオーストラリア海軍指揮官は、スコット提督に連絡する間もなく『オーストラリア』の総員退去を認めた。

総員退去を事後報告として受けたスコットは、口にこそ出さなかったが、オーストラリア海軍指揮官に不満と怒りを感じた。その証拠に、彼の足は小刻みに震えていた。

だが、スコットの苛立ちには、もっと大きな原因があった。

それは、敵艦隊と相見《あいまみ》えることもなく、たった一発の砲弾すら敵艦艇に撃ち込むこともできずに、自艦隊が滅びの坂をまっしぐらに転がり落ちているという事実だった。

「提督。『クインシー』も駄目です！」

悲痛な報告が耳を打つ。

「…………」

スコットは言葉を失って、唇を噛む。

これでスコット少将が失った重巡は三隻だ。

他にも駆逐艦二隻の撃沈が報告されていたが、なおも大破されるだろう軽巡や駆逐艦も数隻あったたし、軽度の被害を含めると、スコット少将麾下の南太平洋連合海軍艦隊の中で無傷の艦艇は皆無と言ってよかった。

まさに言いようのない敗北である。

航空戦力のすさまじさを、この日初めてスコットは身の毛のよだつ思いで感じていた。

己《おのれ》の無様《ぶざま》さ、先見性のなさ、読みの甘さを心底呪っていた。

同時にスコットの脳裏で蠢《うごめ》くのは、ゴームレー中将の哄笑《こうしょう》である。

(だが私にはなんの反駁《はんばく》もできない。残念だが今回の出撃は間違いだったようだ……)

スコットの眉間に刻まれた深いしわを、彼の幕僚たちは不安そうに見ていた。彼が一途な男だけに、責任と後悔と絶望とでとんでもない無茶をしでかすかもしれないと、多くの者が案じていたのである。

スコット少将が口を開いたのは数分後だった。

「敵の攻撃が終わり次第、動ける艦艇はすべて救助態勢に入れ。そしてそれがすんだらヌーメア港に戻る……」

それは正真正銘の敗北宣言だった。

ズドドド――――ン！

ガガガ――――――――ン！

あちらこちらから味方艦が発する炸裂音がした。

しかし、旗艦軽巡『サンジュアン』の艦橋は悲しいくらいに無音だった。


「ああ～あ……」

大きなため息をついたのは、『伊九〇一号』潜水艦の水雷長だ。

『豪鬼』一号の発射に成功し、勇んで二号を発射させようとしたのだが、発射装置に異常があって二号を発射することができなかったのだ。

まだ原因がはっきりしていないので水雷長の責任と決まったわけではないのだが、無骨で職人肌の水雷長はすべての責任が自分にあると決めつけていた。

「水雷長だけの責任ではないと思うぜ」

慰めるように言ったのは、機関長だ。

「それに、一号が敵に命中したのは水中聴音機と探信儀ではっきりしているんだ。敵を撃沈できたかどうかはわからないが、命中したことだけで今回の出撃は半《なか》ば成功と言っていいんじゃないかな。ねえ、艦長」

機関長が 橋元潜水艦長を見た。

「そういうことだ。それに、水雷長。戦《いくさ》とは概《おおむ》ねこんなものだろう。どれだけ完全に準備をしたとしても、やはり様々な不備を起こすもんだ。大切なのは、そういう失敗や間違いを次の仕事の糧《かて》にすればいいってだけだ」

橋元が優しい目で水雷長を見る。

「そ、それはわかっておりますが」

なおも水雷長は顔を上げずにいた。

「それにな、水雷長。作戦の最終責任はよ、艦長である俺にあるんだ。だからお前が必要以上に責任を背負い込むことは、逆に僭越《せんえつ》ってもんだぞ。違うか。だからもう顔を上げるんだな」

「か、艦長……」

橋元の言葉に、腹からこみ上げてくる嗚咽《おえつ》を水雷長は必死に堪《こら》えた。

「そして俺は信じてる。『豪鬼』は間違いなく敵艦を撃沈しているとな。『豪鬼』に的中されて海に浮かんでいる艦艇などあるはずはない」

のちに橋元の信念が正しかったことが、証明される。

『黒鮫』誕生の瞬間であった。


正真正銘の敗北の裏返しは、正真正銘の勝利である。

だが『大和』超武装艦隊司令長官竜胆啓太中将にとっては、正真正銘などというものは存在しない。勝利ということに対してはなおさらだ。

「何かご不満がありますか」

竜胆という人間の人となりをほぼ理解し始めている仙石参謀長が、淡々とした声で言った。

「フフッ、俺はまた仏頂面をしていたようだな。どうも悪い癖は治らないようだ」

「しかたありませんよ。竜胆中将は、連合艦隊きっての完全主義者ですからね。些細な失策も許せない、ということでしょ。もっともその失敗を、他人ではなく自分の未熟さと考える希有《けう》な方ですがね。昨今、自分の失敗さえ部下に押しつける方が多いというのにです」

「おいおい、参謀長。俺はそれほど君子《くんし》じゃねえよ」

竜胆が照れ笑いを浮かべ、平手で首筋をペタペタと叩いた。

その様子がおかしいと、『大和』の艦橋に爆笑の渦が巻いた。

敵艦隊の半数近くを撃沈し、被害のない艦艇はない、という完全に近い勝利を得た『大和』超武装艦隊は、珊瑚海をあとにした。

スコット少将の失策として保身を計ったゴームレー中将だが、後に〈第一次ソロモン沖海戦〉と呼ばれるこの海戦の責任を問われ失脚する。

艦隊の一本化を考えたアメリカ合衆国海軍省は、南太平洋連合海軍を解消してアメリカ太平洋艦隊に吸収させせた。

第二章　アメリカの悲劇

『1』


「やはりこの程度でしょうね、日本の力は。まあ、日本の研究がそれほど進んでいるとは、初めから思っていませんでしたけどね」

ドイツ第三帝国のロケット研究の精鋭の一人として日本に派遣されたフリッツ・アルベルト・トーマ博士が、蒼い瞳に苦笑を浮かべて言った。

「決めつけないほうがいいと思いますよ、トーマ博士」

答えたのは、電波兵器の研究開発の専門家フリードリッヒ・ハウプトマンである。

この日、ドイツ海軍が、中国山東省の青島《チンタオ》に海軍基地を置く見返りとして日本に派遣したドイツ人科学者と技術者グループは、それぞれの専門分野に分かれて、日本のそれぞれの部署で担当者と会った。

トーマ博士はロケット研究者として海軍艦政本部の開発部門に赴《おもむ》き、ロケット開発に関しての会談、検討をしたが、日本のそれは実にお粗末なもので、射程距離数十キロを持つロケットが完成間近のドイツに比べれば、赤子と大人の差以上のものがあった。

だがハウプトマン技師は、別の考えを日本に対して持っているらしい。

「日本人というのは、実に不思議な民族でね。自分たちが正しいと思った方面では、それこそ世界の先頭を走るほど結果を出す力を持っているんですよ。

たとえば零式艦上戦闘機ですね。トーマ博士には異論があるかもしれませんが、私はこの艦上戦闘機が、戦闘機としては現在の時点で世界最強だと思っています。我が国のフォッケ・ウルフやメッサーシュミットといった戦闘機も決して凡機ではありませんが、総合的に評して零戦が最強だというのは間違いないでしょう」

淀みなくかつ確信的なハウプトマンの言葉に、トーマ博士は疑念を感じて、

「日本のことについてお詳しいですね、ハウプトマン技官」と、聞いた。

「ふふ、それにはちょっとした理由があるのですよ」

ハウプトマンのブラウンの瞳が、ふと宙を見るように焦点を失った。

「？」

トーマ博士は興味津々で次の言葉を待った。

「実を言いますと、私の体には日本人の血が流れているんです」

「本当ですか！」

予想外のことに、トーマ博士は興奮気味に拳《こぶし》を握ったり開いたりした。こういうときの彼の癖だ。

「あなたは、フォン・シーボルトというドイツ人医師を知っていますか」

「名前は聞いたことはあるような気がしますが、確か、訪日したことがある……」

トーマ博士が記憶をたどるように言った。

「そうです。シーボルトは、日本が江戸時代と呼ばれた時期に訪日し、日本人に西洋医学を教示した人物です。帰国時に日本の地図などを帯同していたためにスパイというレッテルを貼られ、彼に教示され、様々に協力した日本人たちは、シーボルトの帰国後、残酷な罰を受けたそうです、日本ではこれを〈シーボルト事件〉と呼んでいます」

「へえ」

意外な展開に、トーマ博士の興味が募った。

「シーボルトは、日本滞在のときに、日本人女性との間に女子をもうけていますが、その娘、楠本《くすもと》イネは日本の医学に大きな貢献をしたそうですよ。これはご存じでしたか？」

「いや、残念ながら私の日本に対する知識は、そこまで至っていません」

トーマ博士が正直に言った。

ハウプトマンは軽くうなずいて、続けた。

「私の祖父はシーボルトの従者として訪日し、シーボルトと同じように日本人女性との間に子供を得ています。男の子でした。シーボルトは娘のイネをドイツに呼び寄せることはなかったのですが、帰国後貿易で財をなした私の祖父は、日本に残した息子をドイツに呼び寄せて息子として遇しました。それが私の父です」

「なるほど。君の父上はなかなか数奇な人生を送ったようだね……」

感心したように、トーマ博士は何度もうなずいて見せた。

「庶子《しょし》という立場でしたが、経済的に恵まれていましたから生活に問題はありませんでした。しかし、自分の肉体に半分流れる血については、ずいぶんと複雑な思いをしたようです。父には間違いなく日本に対する憧憬《どうけい》がありました。それは、周囲の者たちの差別に対する反発もあったのでしょうが、やはり血のなせる業《わざ》だったかもしれません。そして、こういった複雑な事態が父の性格を陰《いん》に向かわせてしまい、それがまた周囲と軋轢《あつれき》を生んだようです」

「なるほど。そういうものかもしれませんね」

「もっとも、父は私が五歳のときに他界し、これらのことは母から聞いたものですがね」

「それで、あなた自身は日本に対してどう思われているのですか」

「父ほどではないですが、若い頃の私も少し屈折していました。しかし、興味はありましたよ、日本と日本人に。そしてある日、私は日本を知ろうと思ったのです。知りもしないで、あれこれ言うべきではないと思いました」

「聡明なお考えですよ」

「ありがとうございます。とはいえ、そう思ってからさほど時が経っているわけではないですから、私の日本に対する知識はほんのわずかです。そこに今度の話がありましてね。妻を数年前に失って身軽な身でしたから、私は直接日本に行って日本を知ろうと考えたのです」

「なるほどねえ。私も日本には興味があって今度の要請を受けたのですが、技官は私などとは違って大きな思い入れがあったのですね」

「それは否定しませんが、結論はこれからだと思っています。日本と日本人をよく知ってから、私は日本人とどう付き合っていくかを決めるつもりです」

「わかりました。私も結論は、日本人をよく知ってからにしましょう。ところで、お聞きしてもいいですか」

「どうぞ」

「お話によれば、あなたのお婆さまは日本人ですよね。となると、この日本にはあなたの縁類もおられるということになりますが」

「はい。その通りです。しかし、父は日本でずいぶんと嫌な思いをしたらしく、その点については母にも話していません。母もあえて聞かなかったようですので、私も詳しいことは知りませんし、それもしばらくはほうっておくつもりです。祖母の親類に、私が歓迎されるとも思えませんしね」

「了解しました。その話はやめましょう。で、いかがですか？　結論はまだにしても、あなたの仕事面での日本に対する感触は」

「そう、そのことでしたね。確かにトーマ博士が会われた日本海軍の正規部門は、私の目から見ても我がドイツと比べてかなり遅れているようです」

「何か、含みが感じられますね」

トーマ博士が興味を引かれたように体を乗り出した。

「私も詳細は知らないのですが、海軍超技術開発局なるものがあるようです」

「超技術開発局……？」

初耳だったのだろう、トーマ博士が首を傾《かし》げた。

「はい。一応現在は正規の部署とされているようですが、過去においてははぐれ者の集団のような存在で、今でも実質的には独立した部署のようです」

「ほう、そんな部署が」

「この話を、私は日本海軍の在独日本領事館付武官から聞いたのですが、その部署は異端ではあるものの、時折り仰天するような技術開発をするらしいのです」

「それはおもしろそうだ。私も是非その部署と接触したいですねえ」

「私もそう思いました。ところが今日、そのことを艦政本部の担当官に言ったのですが、芳《かんば》しい返事はもらえませんでした」

「拒否、ですか」

「それほどではないのですが、あまり近づけたくないという様子が見られます。それでも、どうにか近いうちにということで納まりましたが、さていつになるか……」

「ふん」

トーマが鼻を鳴らした。

「似ていますね、どこの国も。政治家、官僚、軍人などという人種は、自分たちの体面や権益に固執するあまり、真の進歩の大きな障害になることがあります。いいでしょう。他のメンバーにも声をかけて、艦政本部と海軍省に急がせましょう」

トーマ博士が自信たっぷりに言った。

日本軍がドイツの技術と情報を渇望していることは、間違いない。その点を突けば日本人側は折れてくるだろうと、トーマ博士は確信していたのである。

数日後、案の定、ドイツ人開発者と技術者が態度を硬くするかもしれないと考えた艦政本部は、トーマらと超技局の局員との接触の機会をすぐに作った。

艦政本部の準備した車に分乗したトーマたちは、横須賀にある超技研に向かった。

海軍工廠の工場の建ち並ぶ一角にある超技研の建物は、くすんだコンクリート壁に覆われたあまり目立たないものだった。

「あまり恵まれているとは言えないようだね、ここの人たちは……」

車を降りて玄関に向かう途中で、トーマがハウプトマンに言った。

「そうですね……」

ハウプトマンが応じた。

ところが建物に足を踏み入れたとたん、トーマらは不思議な緊張感に包まれた。おそらくそこで働く者たちの〝気〟のようなものが建物内に充満していて、トーマらを圧倒したのだろう。

しかしそれ以上に驚いたのは、対面した超技局の技官たちが、ドイツ人開発者と技術者に対して、これまでの者たちのようにへりくだった態度をするわけでもなく、冒頭から技術論に入ってきたことであった。

艦政本部が正規と称する部署ではまったく聞くことができなかった内容を、彼らはドンドンとぶつけてきたのである。ときには、彼らの話す内容が、自分たちのほうが優れていると考えていたドイツ人たちをあわてさせたほどであった。

ロケット技術に対しては絶対的に自信を持っていたトーマでさえも、超技局の理論と技術の、ある部分においては自分たちより進んでいると認めざるを得なかったのである。

「日本、超技局、侮《あなど》りがたし」というのが、この日のドイツ人すべての感想だった。

だから、帰りの車の中でハウプトマンが、

「トーマ博士。私は超技局に私の仕事場を作ってもらおうと思います」

とまで言っても、トーマはまったく驚かなかった。それどころか、トーマもそうしたいと言ったくらいである。

だが、彼らの要望を艦政本部はすぐに承諾したわけではない。

艦政本部の上層部にすれば、立ち遅れている正規部署の開発力、技術力こそドイツ人たちにサポートして欲しかったからである。

「そんな余裕があるのですか」

トーマは憤然と言った。

「今は戦時中ですよ。立ち遅れている部署の教育などというものに、時間を使っている暇があるのですか。大切なのは、一分一秒でも早く優れた武器兵器を開発、製造することではないのですか。そしてそれには、超技局しかありませんよ。彼らとの協力なくして、それはあり得ないと私は断言します」

トーマの言葉に、艦政本部はいやいやながらもトーマたちの希望を許した。

「これで、これからおもしろいことができるかもしれません」

艦政本部の回答を聞き、フリードリッヒ・ハウプトマンはこう言ってトーマに笑いかけた。

フリッツ・アルベルト・トーマ博士もまったく同じ思いで、顔をほころばせた。

『2』

ハワイに赴任して半年目に入ったことに気づいたアメリカ太平洋艦隊司令長官チェスター・W・ニミッツ大将が、暗鬱《あんうつ》たる気分で眼下に広がるパールハーバー基地を見下ろしていた。

日本軍の奇襲によって蹂躙《じゅうりん》されたパールハーバー基地は、日に日に盛時の状況を取り戻しているが、それでも施設などが完全に復活するにはまだ半年以上かかるだろうと言われている。

それはそれでいい、とニミッツは思っていた。問題は、戦力と士気だと、ニミッツは考えているからだ。

その戦力を、決定的というわけではないが、また失っていた。

ニミッツは、自分の下した〝反攻の機会〟という判断が間違っていたかもしれないと思った。

就任以来、慎重な方針で来たニミッツが積極策に転じたとたん、敗北したのである。

南太平洋連合海軍艦隊の壊滅という事実も、ニミッツの心を沈ませていた。

司令長官だったゴームレー中将はともかく、艦隊の指揮官だったノーマン・スコット少将は有能だとニミッツは聞いていたが、その彼をさえ圧倒した日本海軍に、ニミッツは怯《おび》えのようなものすら感じ始めていたのだ。

そんなニミッツに、アメリカ合衆国艦隊司令長官兼海軍作戦部長アーネスト・J・キング大将は、積極策を命じてきている。

キング自身、これまで政府に対して積極策を推し進めてきており、現場が動かなければ自分のメンツが潰れると思っているらしいのだ。

ニミッツは、もちろんキングの気持ちはわかるし彼の方針に逆らうつもりもないが、現場の担当者からしてみると、闇雲《やみくも》に突っ張っても良い結果は生まれないというのが実感だ。

(首が危ういかもな)

自嘲《じちょう》の笑みを浮かべながら、ニミッツは自分の椅子に座った。

しかしデスクに置かれた写真を見て、ニミッツの表情が険しくなった。

そこにはあの、ダグラス・マッカーサーの顔がある。

反面教師として自分を戒めるために置いた写真だが、今のような気分のときには、この写真が自分を嘲笑しているような気持ちになるのだ。

いっそ捨てようか。

ニミッツはそんなことも考えた。

(だが、それは私がマッカーサーに負けたことを意味する。優秀だが狡猾《こうかつ》で、聡明だが自分のことしか見ない利己主義者に、敗北したことになる。それだけはやはり許せない。マッカーサーごときに負けるなど、私のプライドが許すはずはない)

思いとどまると、ニミッツは写真立てを倒した。

「しばらくだ。しばらくの間だけ、あんたの顔は見たくないんでね」

ニミッツは言い訳のように言って、大きなため息をついた。


「いらいらするな」

アメリカ太平洋艦隊第16任務部隊指揮官ウィリアム・F・ハルゼー中将が言った。

「長官のことでしょう?」

応じたのは、ハルゼーが信頼する参謀長マイルス・ブローニング大佐である。

「そりゃあ、長官がいじけているのは私の失策による部分があることも認めるが、だからといって、今のような長官の態度ではせっかく盛り上がった士気がまた萎《な》えるというものだ」

先日の二つの海戦で、アメリカ太平洋艦隊麾下《きか》の二つの任務部隊は明と暗に分かれた。

もう一つの任務部隊、フランク・B・フレッチャー少将が率いる第17任務部隊が日本艦隊に久方ぶりと言っていい勝利を上げ、ハルゼーの第16任務部隊は『大和』超武装艦隊によって敗北を喫したのだ。

結果は明と暗だが、そもそも戦った相手が違うだろうと、ハルゼーと彼の幕僚たちは思っている。

思っているが、むろんそれは言わない。

言い訳だし、何より結果を出さなければならないのが軍人だからだ。

だから、新しい結果をハルゼーは早く出したいのだ。それには戦うしかなかった。

その命令が、出ない。

一度は積極策に転じたニミッツが再び慎重に戻った一因が、自分の失策に原因があることは間違いないのだから、ハルゼーはニミッツにそう大口は叩けない。だからこそ、ここまで我慢してきたのだ。しかし、猛将「ブル」ハルゼーには、我慢の限界がある。

フレッチャー少将の得意げな顔（フレッチャー自身は意識していないのだが、ハルゼーにはそう見えた）も、ハルゼーには腹立たしかった。

「弱敵相手にあげた手柄など、自慢の種になるものか」

ほとんど弱音というものを吐かないハルゼーだけに、その言葉を聞いたブローニング参謀長はハルゼーの悔しさの深さを知った。

「それほど待つ必要はないと思いますよ、提督。本国のキング作戦部長が、ニミッツ長官に相当にハッパをかけているようですからね」

ブローニングが落ち着いた声で慰める。

「それは知っているが……」

信頼を置く部下に言われ、ハルゼーが不承不承《ふしようぶしよう》にうなずいた。

「キング作戦部長という人はそう気の長い人物ではないようですし、それはニミッツ長官もご存じのはずですからね」

「あまり躊躇《ちゆうちよ》していたら、ニミッツを切るかな、キング作戦部長は……」

「可能性はあると思いますよ」

「……それはいいことか、マイルス。俺にとっても、アメリカにとっても」

「……さあ……それは、後任の長官次第でしょうから、私にはどうにも判断しかねますが……」

「後任の可能性のある人物を、私は何人か思い浮かべられるが、どうも、彼らとうまくやっていく自信はないな」

「すると提督は、ニミッツ長官のほうがいいと」

「ニミッツ長官就任のときのような仰天人事ならともかく、順当な交替ならばそう考えるべきだろう。それに、ニミッツ長官の消極策は支持しないが、彼の公平な目は認めているからな」

ハルゼーの言う公平な目とは、前《さき》の明暗の分かれた海戦の後で、周囲がフレッチャーを持ち上げる一方、ハルゼーを見下した際に、ニミッツが戦った相手を考慮に入れ、ハルゼーに対して正当な評価をしたことを言っていた。

おそらく他の長官であったなら、自分に対してあのような判断を見せなかったろうと、ハルゼーは思っている。

「確かにニミッツ長官という方は、人を見る目を持っておられますからね」

ブローニングにしても、ボスであるハルゼーを正当に評価したニミッツを十分に認めていた。

「待つしかないということか……」

第16任務部隊旗艦空母『エンタープライズ』の艦橋で、ハルゼー提督が唇をかみしめて言った。

ザザザァ――――ン。

海が荒れ始めたのか、『エンタープライズ』が大きく左右に揺れた。


『3』


目の疲れをほぐすように、連合艦隊司令長官山本五十六大将は、指でぐりぐりと瞼《まぶた》の上から眼球を押した。

呉湾の柱島《はしらじま》泊地に係留された連合艦隊旗艦戦艦『長門』の司令長官室である。

広いテーブルには様々な資料が散乱していた。

戦争反対を叫びながらも、ときの流れに抗することができずやむなく開戦に及んだ山本五十六にとって、この半年は心労の蓄積の連続と言ってよかった。

もとより山本は、アメリカに対して完全な勝利を得ることなど初めから考えていない。

経済的にも、技術的にも、人的にも、アメリカにははるかに劣る日本が、陸軍およびそのシンパである一部海軍軍人が夢見ているようなアメリカ完全撃破など、できるはずはなかった。

だが同時に、アメリカに負けるわけにもいかない。

敗北は皇国の壊滅と、考えているからである。

勝ちはないが、負けもない。

山本が自分に課した命題である。

短期決戦――山本の基本路線だ。

戦争初期にアメリカ軍を存分に叩き、政府はともかくアメリカ国民の厭戦《えんせん》気分を誘って早期の講和を締結する――それが山本の目標だった。

だから、出し惜しみはしない。

今、日本がつぎ込めるだけの戦力のすべてを投入してアメリカを圧倒する。後のことを不安視する者もいたが、山本にすればそんなものは笑止千万であった。長期戦になれば、日本は経済的に追いつめられて、戦争遂行などできなくなるであろう。

陸軍などは、蘭印（オランダ領インドシナ）を占領すれば資源を確保できるから戦争遂行は可能と読んでいるようだが、山本から見ると、それは絵に描いた餅だ。

資源を確保したとは言っても、それらの資源が戦争に投入されるようになるまでには時間がかかる。

それまで日本が保《も》つという保証はどこにもない。戦いは短期。それ以外にない。

ハワイ真珠湾基地への奇襲作戦もそれを睨んだ一手であったし、未曾有《みぞう》の艦隊たる『大和』超武装艦隊の創設もその考えの線上にある。

そして山本をより短期決戦へと駆り立てたのが、アメリカ軍による〈ドーリットル空襲〉だ。

グズグズしていては皇国は焦土と化す。

山本にはそれが目に見えるようであった。

不幸中の幸いというわけではないが、〈ドーリットル空襲〉は戦争に余裕さえ見せていた陸軍に熱い釘を打ち込んだ。

アメリカがその気になれば、日本本土への空襲も可能であるという事実は、陸軍や政治家にとって青天の霹靂《へきれき》だったのである。

早期にアメリカを叩くべし――陸軍や政治家にもその気運が高まったことは、山本にとって願ったりかなったりである。

では次の一手は――。

今、山本が頭を痛めているのがそれだ。

むろんあらかじめの作戦方針はあったし、事態はその方針を大きく外れてはいないのだから、基本方針を大きく変える必要はないと山本は思っている。

しかし、戦争とは生きており、動いている。細部については、その動きに合わせての修正が必要なのだ。

本来の海軍の計画では、次の一手は〈ポート・モレスビーの再奪取作戦〉、〈アメリカとオーストラリアを寸断させる作戦〉、〈南太平方面の確保、そしてハワイ占領作戦〉だ。

壮大と言えば壮大な計画だが、壮大すぎてこのすべてを成功できるとは山本も考えてはいない。

それに、これらの作戦には陸軍の多大な協力が必要なのだが、陸軍がそう容易《たやす》くこれらの作戦に賛同するとは思えなかった。

「だから、どうする……」

再び資料を手元に引き寄せた山本は、唇を結ぶと「ウム」と唸《うな》った。

深夜、東京の永田町にある首相官邸の首相執務室に明かりがともった。

椅子に座った陸軍大将かつ首相と内相を兼務する東条英機《とうじょうひでき》が、訪問者に鋭い視線を投げかけて言った。

「電話ですむ話ではないようなので、来ていただきました。詳しく聞きましょう」

「はい」

市ヶ谷にある参謀本部から駆けつけた情報部長が、緊張した顔で手にしていた資料を開いて報告を始めた。

目を閉じて報告を聞いていた東条が、クワッとばかりに細い目を見開いた。

「参謀本部の見解は？　ソ連は動くと考えているのかね？」

「五分五分と」

「……要するに、わからない、ということですか」

東条の声が冷たい。

「現在知り得る情報では、それ以上の判断は難しいと……」

情報部長が、額に浮き出た脂汗を軍服の袖口で拭《ぬぐ》った。

「ふん。いったいあなた方の言う情報とは、なんのことなんですか。まさか、ソ連が攻めてきたという情報でも待っているんじゃないでしょうね。そのときにはもう遅いということぐらいは、わかっているのですか」

「あ、あの……」

「少ない情報から相手の真意を見抜く。それが情報部の仕事ですよ。それができないのなら、あなたたちが存在する意味はない。即刻本部に戻り、参謀本部の見解を示しなさい」

「は、はい。承知しました」

情報部長が逃げるように去ると、首相執務室に静寂が満たされた。

「ソ連は動かない。動けないはずだ。ドイツの脅威が去らない以上、ソ連が日本と事を構えるはずはないのだから……な」

東条がつぶやくように言って、唾を飲んだ。

「問題があるとすれば、ソ連を牛耳《ぎゅうじ》るスターリンの動向だ。粛正策によってほとんどの政敵を葬《ほうむ》り去ったスターリンだが、奴に不満を持つ者がいなくなったわけではあるまい。もし、それらの者の手によってスターリンが暗殺でもされた場合は、ソ連の政策が大きく動くかもしれない……。特に満州に接する地域に駐屯するソ連極東赤軍は、もともと反日意識が強く、わずかなきっかけでもこちらに攻め込んでくる可能性は否定できない……」

喉の渇きに堪えられなくなったのか、東条は電話で護衛兵に水を持ってくるように命じた。

護衛兵の持ってきた水をごくりと飲んだ東条は、腕を組んで椅子に身を深く沈めた。

「やはり、大陸からの撤退案は修正の必要がありそうだな」

〈ドーリットル空襲〉によって衝撃を感じた陸軍は、それまで態度を濁《にご》していた海軍の作戦への支援要請に傾きを示した。その一つが、大陸の駐屯部隊の一部を撤退させ、海軍の作戦に協力させるという案であった。

「山本が、怒るな」

東条がつぶやく。

東条自身が山本と直接会談して支援要請を承諾したわけではないが、陸軍の動きの背後には常に東条の思慮があることぐらい、山本は十分に知っているはずだ。

「それもしかたあるまい。大陸を失えば本末転倒だからな。しかし、山本を本気で怒らせることもまずい。私とは相容《あいい》れないが、現在の海軍において、あの男以上の人物はいないのも事実だ。下手にヘソを曲げさせたくはないからな」

コップに残った水を飲み干すと、東条は椅子から立ち上がった。

雨音に気づき、東条は窓辺に寄る。

帝都東京には久しぶりの雨だった。

「東条め。小賢《こざか》しいことを」

陸軍からの支援延期の連絡を受け、山本五十六は苦笑を浮かべた。

苦笑の理由は、これまでの陸軍が示してきた高飛車な態度ではなく、今までにないへりくだった態度を感じたからだ。

「これまでのような態度では、海軍が硬化するのを、東条はわかっているというわけだ。だが東条、こちらもいつまでも待てるわけではないぞ。それだけは忘れてくれるなよ」

苦笑いを消し、山本は強く言った。


『4』


重巡『アドミラル・ヒッパー』を旗艦とし、軽巡『エムデン』、駆逐艦五隻、Uボート六隻で編制されたドイツ東洋艦隊が、訓練航海のために中国山東省の青島を出航したのは六月の初旬であった。

艦隊を率いるのは、ゲオルグ・コルビッツ少将である。

コルビッツ少将は輝くような金髪に碧眼《へきがん》を持つ、いかにも貴公子然とした人物だった。

いわゆるインテリで、音楽の能力にも秀でており、ピアノの腕はプロ級と言われていた。

それだけにやや線の細いところがあり、古参兵の中には「頼りない人物」と評価する者もあったが、全般的な評判は良かった。

日本海軍がイギリスから奪ったシンガポールのセレター軍港に、ドイツ東洋艦隊が入港したのは、出航から三日目である。

司令官室で休息していたコルビッツが『アドミラル・ヒッパー』の艦橋に入ると、

「提督。あれを」

と、参謀長が艦橋の外を指さした。

「何かね」と、首を捻《ひね》ったコルビッツが「おう」と呆然《ぼうぜん》とした。

コルビッツが見たのは、超弩級《どきゆう》空母『大和』であった。

海軍力が弱いと言われるドイツだが、『ビスマルク』『テルピッツ』という二隻のビスマルク級戦艦は、基準排水量四万一七〇〇トンと世界最大の規模を誇っている。

しかし、『大和』の巨大さはビスマルク級をはるかに凌駕《りようが》していた。

「参謀長。日本側に連絡してほしい。是非、見学させてほしいと」

コルビッツが、興奮を隠さずに言った。

この時点でドイツ軍は空母を所有していないが、建造中止を命じられている空母『グラーフ・ツェッペリン』があった。

完成すれば、基準排水量二万三二〇〇トン、搭載可能航空機は四〇機という中型空母である。

一九三八（昭和一三）年に進水までした『グラーフ・ツェッペリン』が建造中止になったのは、空軍総司令官ヘルマン・ゲーリングが航空機の提供を拒否したことが大きな原因だが、ドイツの侵攻作戦が当初あまりにも容易く成功したため、空母の必要性をヒトラーが感じなかったという経緯もあった。

しかし、ドイツ海軍の中にも、これからの海戦には航空戦力が不可欠と考えている者が少なくなく、空母待望論が完全に立ち消えたわけではなかった。

コルビッツは、青島に駐屯するまでは積極的な空母待望論者ではなかったが、この地で日本海軍の空母を運用した航空戦の華々しい活躍を知って空母が必要だと考え始めていただけに、目の前の圧倒的な力を示す超弩級空母は、コルビッツの海軍魂に火をつけたのである。

「いつでも歓迎する」という『大和』超武装艦隊司令長官竜胆啓太中将の返事に、コルビッツ少将は子供のように喜色を浮かべ、『大和』に向かった。

『大和』の飛行甲板に立ったコルビッツは、言葉さえ失って嘆息した。

「搭載機をごらんになりますか」

流暢なドイツ語で声をかけてきたのは、駐独武官の経験がある『大和』超武装艦隊通信参謀小原忠興《ただおき》大佐だった。

「よろしいのですか」

コルビッツが興味津々の表情で竜胆長官を見ると、竜胆はこれ以上ないくらいの笑みを浮かべてうなずいた。

空母もなく、日本海軍のように基地航空部隊を持たないドイツ海軍には、専属の航空機は配属されていない。

航空機の運用は空軍の専門事項で、海軍が作戦上航空機を必要とする場合は空軍に要請し、航空機は空軍の任務として運用されたのであった。

しかし、空母の配属に目覚めたコルビッツにとって、艦上航空機は大いなる興味の対象に他ならない。

「コルビッツ提督。この『大和』は今動かすわけにはいきませんが、中型空母なら、航行と航空機の運用の実際をお目にかけられます。いかがですかと、長官が申しておりますが」

コルビッツに断わる理由はなかった。


グォ――ン。

グォ―――――ン。

一機、二機、三機、四機と、小隊規模の零式艦上戦闘機が『大和』超武装艦隊麾下の中型空母『麟鶴《りんかく》』の飛行甲板を走り、軽やかに離陸していく様子を、コルビッツは目を輝かせて見つめていた。

次に滑空したのは、実戦さながらに腹に二五〇キロ爆弾を抱えた九九式艦爆。そして最後に、魚雷を装着した九七式艦攻が天空に舞った。

「すばらしい。実にすばらしい」

コルビッツは何度もその言葉を繰り返し、唸り声を上げた。

褒められて嫌な人間はいない。通訳を引き受ける小原通信参謀とて例外ではなく、説明も熱っぽくなる。

「欲しいですな、小原大佐。我がドイツ海軍にも空母が欲しいですよ」

「確か、貴国にも建造を中止している空母があったと……」

「『グラーフ・ツェッペリン』です。空軍総司令官ゲーリングの邪《よこしま》な妨害によって、搭載機を得られずやむなく建造中止になっていますが、進水を終えていますから、その気になればさほどの時間をかけずに完成するはずです」

「なるほど」

「まあ、正直に申し上げて、私は青島に行くまで空母というものにさほど興味がありませんでした。無いものに対する興味は、持てませんからね。

でも、今は違います。もしすでに『グラーフ・ツェッペリン』が建造されていたなら、大西洋での我々の戦いはどんなに楽になっていたかしれません。その意味で、ドイツ海軍は失敗しました。無知でした。もし建造中止の話があったとき、もっと大声で建造中止に異を唱えていたらと、今では後悔しています」

「失礼を承知で申し上げますが、私もそう思います。すでに戦艦の時代は終わりました。実は先ほど乗艦された『大和』も、初めは戦艦として計画されたものですが、我が連合艦隊司令長官山本五十六らが中心となって空母に改装するように働きかけ、成功したものです。はっきり申し上げて、もし戦艦としての『大和』が誕生していたとしても、それは無用の長物に過ぎなかったろうと思っています。

戦艦『大和』には、世界最大の主砲である四六センチ砲を搭載する予定でしたが、その主砲の射程距離は四二キロ、それはそれですごいことですが、航空機なら楽に三〇〇カイリ、五〇〇キロ以上も離れた敵を攻撃できますからね。

逆に言えば、敵が航空機を使うと、同じような距離から攻撃を仕掛けられてしまうわけですから、四六センチ主砲の砲弾はまったく敵をとらえることはできないでしょう」

「はい。よくわかります。まったくその通りだと思いますな。実際に、イギリスもアメリカも大西洋で空母を運用し、我々は苦戦している……」

「遅すぎることはありませんよ、提督。貴国も空母を投入すべきです」

「ええ。今日、さらに確信を深めました。艦隊司令長官とも相談し、本国に具申するつもりです」

コルビッツがきっぱりと言った。

コルビッツの言葉に嘘はなく、ドイツ東洋艦隊司令長官ハンス・ヘッケル中将の名で空母建造再開の具申が海軍上層部になされ、海軍上層部はヒトラーにそれをあげた。

ドイツ海軍の大西洋での苦戦と日本海軍の華々しい活躍はすでにヒトラーの耳に

も届いており、彼は即座に『グラーフ・ツェッペリン』の建造を再開させている。

もっとも、建造中止の間に他国の空母の能力も飛躍的に進歩していたために、『グラーフ・ツェッペリン』は改めて設計が見直されることになり、コルビッツが望んだように短期建造は無理であった。


『5』


六月下旬、アメリカ西海岸の海軍基地サンディエゴから、大型の艦隊が船出した。

ハワイのアメリカ太平洋艦隊が、待ちに待っていた増援艦隊である。

目玉は三隻の新造空母だった。

エセックス級と呼ばれる新型空母が基準排水量二万七一〇〇トンとさほど大きくない理由は、建造場所から太平洋に移送するのに、狭くて浅いパナマ運河を利用しなければならないからだ。アメリカ海軍としては、日本海軍の大和型の軍艦を建造することができないそんな事情があったのである。

それでも全長二六七・二メートル、全幅四五メートルの艦体に一〇〇機程度の航空機を積むことができ、装甲も厚く、対空砲を多数搭載したエセックス級に対する期待は大きかった。

増援艦隊に編入されたのは、一番艦でネームシップの『エセックス』、三番艦の『イントレピッド』、九番艦の『バンカー・ヒル』であった。

増援部隊のもう一つの目玉は、パールハーバーが奇襲されたことによって傷ついた四隻の戦艦が、修理を終えて戦列に復帰したことである。

『テネシー』『メリーランド』『ペンシルバニア』『ネバダ』がそれだ。

もっとも、戦いの形が艦砲戦から航空戦に移行している現在、巨砲を搭載はしているが速力の遅い戦艦の復帰がどれほどの戦力になるか、という疑念を口にする者は多かった。

しかし、数を揃えて体裁《ていさい》を整えたい海軍首脳にすれば、戦艦の復帰は十分に意味があったのである。

他に三隻の重巡、二隻の軽巡、一六隻の駆逐艦からなるこの増援部隊は、太平洋艦隊任務部隊の戦力を上回る強力な艦隊であった。

この増援部隊を指揮するのは、ロバート・Y・スタック中将だ。

大西洋艦隊に所属していたこの老提督は、増援部隊の指揮官となることに、初めは首を横に振った。

まず、スタック中将は数カ月先に引退が迫っており、すでに戦いの指揮を執る気力が薄らいでいると感じていたからだ。

また、大西洋艦隊一筋の道を歩んできたスタック中将は、海軍上層部が大西洋を軽視し、大西洋艦隊から艦艇を太平洋に回しすぎるという不満も抱いていたため、今回も大西洋艦隊に従事していた巡洋艦が増援部隊にあることに、苛立《いらだ》ちを感じていたのであった。

しかし、スタックの希望は却下される。

任務の内容が移送にあり、ほとんど戦闘の可能性がないのだからスタックでも務まるし、新造艦の建造が進んでいて大西洋艦隊にも新たな戦力が保証されているので、スタックの危惧や不満はすぐに晴れるというものであった。

もっともこれは、アメリカ海軍首脳の一種の詭弁《きべん》に過ぎない。

正直に言えば、精鋭の提督を移送の任務に回している余裕など、現在のアメリカ海軍にはなかったのである。

やむなく任務を引き受けたスタック提督だが、その本音は一刻も早い任務の終了であり、一刻も早い帰国だった。

この人選が大きな悲劇につながる。

増援部隊の航行は、いたって穏やかだった。それも当然だろう。ハワイとサンディエゴの間にある東太平洋はいわばアメリカ海軍の庭であり、日本海軍の脅威の及ばない場所だったからである。

案じなければならないのは紛《まぎ》れ込んだ潜水艦だが、これも新型空母に搭載された新型ソナーが優秀なので、多くの者たちは安心しきっていた。

「ポール」

旗艦空母『エセックス』の艦橋で好物の葉巻をくゆらしながら、スタック中将は参謀長のポール・ワトソン大佐に声をかけた。

大西洋艦隊時代からの名コンビは、言葉を多く必要としない。

「ポール」の一言でスタックが何を言いたいか悟ったワトソン参謀長は、従兵にコーヒーを命じた。

数分後に、スタック中将の前に湯気の立つコーヒーが置かれた。

「ありがとう、ポール」

スタックが満足そうにコーヒーをすすった。

「提督。偵察機が妙な船団を発見したと報告してきていますが」

「妙な船団？」

「国籍不明だというのです。艦影に見覚えがないと言っています。どう見てもアメリカの艦艇とは違うと……」

「馬鹿を言っちゃあいかんよ。この海域にいるとしたら味方に決まっている。だよな、ポール」

「それは間違いないでしょう。おそらく極秘の任務でも与えられた船団ではないでしょうか。艦影については見間違いかもしれません」

人はいいが、作戦面には少し弱いところのあるワトソン参謀長が、苦笑を浮かべつつ応じた。

「だろうな。いくらジャップが阿呆でも、この海域にのこのこ現われるほどの勇気があるはずはないさ」

スタックが呑気に、言った。

「しかし、提督。やはり正体不明というのは落ち着きません」

噛みつくように言ったのは、フィード作戦参謀である。

スタックと初めて組むフィード作戦参謀は、サンディエゴ出航以来まったく緊張感のない司令部にかなり苛立っていた。

フィードは将来の提督候補だけに、頭脳も鋭いし、勘もいい。それだけに、老提督に対する苛立ちは深い。

「とはいえ、無線で確かめるわけにもいかんだろう。無線封鎖なのだから」

スタックの返事はにべもない。

「ではありますが、ほうっておくのはやはり問題があろうかと……」

フィードが食い下がった。

「じゃあ、どうしろというのだ」

スタックが面倒くさそうに、言った。

「現在、我が艦隊は五機の偵察機しか飛ばしていません。これを増やして、複数の偵察機にその謎の船団を確かめさせたらいかがでしょうか。案外、異なる情報を持っている偵察員がいるかもしれませんから」

「ポール。報告をしてきた偵察機は誰だ」

「ロナルド中佐とヤング少佐の乗る機でしょう。二人ともベテランです。彼ら以上の偵察員はいないと思いますよ」

うるさい奴だとばかりに、ワトソン参謀長がフィード作戦参謀を睨む。

「ソ連の船団ということは、考えられませんか」

言い出したのは航空参謀だ。

「あり得ないね。もしそうなら、なんらかの合図を送ってくるはずだ。ここは公海だが、アメリカ海軍の庭のようなものであることはソ連も知っている。だから、下手に無視すれば、こちらの攻撃を受けかねないくらいはわかっているはずだ」

「それは、相手がこっちの存在に気づいていればということでしょう。しかし、今の状況を考えれば、その船団がこちらに気づいた可能性は薄いですよ。何せ数百メートル上空の偵察機の存在なんて、敵ならともかく、味方なら見つけられませんよ」

フィード作戦参謀が詰まる。航空参謀の話には筋が通っていた。

「ならば、こちらからなんらかの合図を見せてやればいい。たとえば、偵察機を低空で飛ばして、お前たちは他人の庭に踏み込んでいると教えてやったらどうだ！」

フィードが、苛立ちを爆発させた。

「それもどうでしょうか。可能性はほとんどないと思いますが、もし敵だった場合、偵察機が撃墜される可能性があります」

「それじゃあ、どうすればいいんだ！」

「落ち着いてください、作戦参謀。幸い敵は数隻の駆逐艦らしき艦に守られた船団です。いざとなれば、我が部隊でいかようにも料理ができます。ですから、参謀長のおっしゃるように偵察機を増やし、監視態勢を取るというのはどうでしょう。もしおかしな動きがあれば、それはそのときに一気に攻撃を仕掛ければいいんですからね。いかがでしょう、提督」

「うん。悪くないな。しかし、航空参謀。君のソ連船団かもしれないという推測には、何か根拠があるのかね？」

「いえ、それはありません。ただ、消去していくと、そうかなと思っただけです」

「アメリカではない、日本でもない、となればということかな」

ワトソンが聞いた。

「その通りです、参謀長」

我が意を得たりとばかりに、航空参謀がうなずいた。

「わかった。航空参謀と作戦参謀の意見を入れて、偵察機を増やそう」

ところが、その策は中断する。

謎の輸送船団が大きく針路を変えてアメリカ方面に戻っていく、と偵察機が報告してきたからだ。

「まあ、そもそもその程度の輸送船団では、我が部隊の敵ではない。そう心配をしていなかったが、離れてゆくというならまず問題はあるまい」

スタック提督が断定するように言った。

フィード作戦参謀は何かを言おうとしたが、無駄と悟り黙った。

「発見しましたよ、長官。間違いなくアメリカの増援部隊でしょう」

仙石参謀長が嬉しそうに言った。

「こっちには気づいていないだろうね」

竜胆長官が油断なく言った。

「まず大丈夫でしょう。おそらく謎の船団に目を引きつけられていたでしょうからね、あちらさんは」

仙石は推測して見せたが、敵増援部隊が謎の輸送船団にさほど執着を見せなかったことまでは、さすがに見抜けなかった。

しかし、囮《おとり》戦隊の任務自体は大成功である。

アメリカ増援部隊は正体不明の輸送船団に気を取られ、背後から近づきつつある『大和』超武装艦隊主隊の動向にまったく気づいていなかったからだ。

「しかし、戦艦をこんな短期間で、しかも四隻も復帰させるとは、やはりアメリカの底力は想像以上ですな」

それまでの余裕を封じるようにして、仙石が眉をひそめた。

「それと、ついに新型空母を派遣してきましたね。それも一気に三隻です」

牧原航空参謀の言葉にも硬さがあった。

「まずはお手並み拝見といこう。新型空母がどの程度の力を持っているのか、試す意味でもな」

竜胆司令長官が、結論のようにして言った。

『大和』超武装艦隊航空攻撃部隊が出撃を開始したのは、それからわずかに十数分後だった。


「この機影はなんでしょう……?」

増援部隊旗艦空母『エセックス』のレーダー士が首を傾げた。

エセックス級空母は、堅実的な空母と言える。

日本海軍の傑作、超弩級空母『大和』のような画期的な能力や装備はまったくなかったが、エセックス級はこれまでのアメリカ海軍が得た経験と知恵を生かし、あらゆる面の性能を堅実に確実に向上させた空母なのだ。

搭載された新型レーダーも、それに当てはまった。飛躍的に能力を伸ばしたわけではないが、探知可能な距離、解像力などが、これまでのものとは確実に違っていた。

「味方じゃないのか」

レーダー士長が、機影の映し出されたブラウン管をのぞき込みながら言った。

敵であるという感覚が二人にないのは、謎の輸送船団を発見したときの増援部隊司令部と同じである。結局、増援部隊のほとんどの者たちが、この海域に敵が来ることなど予想だにしていないのだ。

状況から見てしかたがないと言うかもしれないが、日本という相手が〈パールハーバー奇襲作戦〉という未曾有の作戦を実行したことを考えれば、認識が甘いと責められてもそれこそしかたなかったかもしれない。

「とにかく司令部に連絡しておいたほうがいいかもしれんな。脳天気な提督だが、後でぐずぐず言われてもたまらん」

レーダー士長がのんびりと言って、連絡用のマイクに向かった。

「な〜にぃ？　今度は正体不明の機影だと？　ふん、パールハーバー基地か近くの基地の陸軍航空部隊の連中が、挨拶にでも来たんじゃないのか」

ワトソン参謀長が危機感のかけらもない顔で、まるで冗談のように言った。

「近くに偵察機がいるなら、確認させるように命じろ」

ワトソンに比べればいくらか真剣味があるように見えるスタック中将だが、フィード作戦参謀にすれば五十歩百歩で、二人は同じである。

「提督。それでは足りません！　もしものときに備え、警戒態勢の強化を進言します」

フィードが語気を強めていった。

「またかね、フィード作戦参謀。君の勝手で厄介ごとを増やさんでくれたまえ」

スタックが切り捨てるように言う。

「冗談じゃありませんよ！　厄介ごとを起こしているのは私じゃない！　わからないんですか、あなたたちには！　これから実際に厄介ごとが起きる可能性があることが！」

「作戦参謀。君は自分が何を言っているか、わかっているんだろうね。まるで私たちが無能だと、君は言っているようだが」

ワトソン参謀長がどす黒い怒りを沈ませた顔で、フィードを睨んだ。

「……ええ。そう取っていただいても結構です、参謀長。お望みなら軍法会議にでもなんでもおかけになればいい」

「ああ、そうするとも、君の……」

「提督！　偵察機から連絡。敵機と思われる部隊が、本隊方向に向かっているそうです！」

「馬鹿を言うな！　そんなことがあるはずはない。こんなところに敵などと……」

「しかし、参謀長。偵察員は、翼と胴体に日の丸を確認したと言っています」

「て、提督！」

血の気の引いた顔で、ワトソンがかすれた声を出した。

「と、とにかく迎撃準備だ！　急がせろ！」

スタック中将が弾かれたように命じた。


「やっと気づいたみたいだな」

『大和』超武装艦隊航空攻撃部隊の艦戦部隊を率いる市江田一樹《かずき》中尉が、すごみのある笑みを浮かべた。

「一六機か」

前方に点在する黒い点を目で数えながら、市江田はスロットルを上げた。

零戦が唸るようなエンジン音を上げ、加速する。

すぐに敵の姿、一六機のグラマンＦ４Ｆ『ワイルドキャット』戦闘機がはっきりと見えてきた。

市江田は愛機の翼をバンクさせ、攻撃開始を合図した。

艦戦部隊の動きから迎撃部隊の登場を知った攻撃部隊指揮官の『大和』飛行隊長小西雅之中佐は、艦爆と艦攻隊の高度を上げさせた。高みの見物というわけではないが、敵戦闘機の攻撃で無駄な戦力を失いたくなかったからだ。

ドドドドドッ！

市江田機の新型三〇ミリ機関砲が火を噴く。

グワァンッ！

尾翼を吹き飛ばされ、バランスを失ったＦ４Ｆ『ワイルドキャット』が錐《きり》もみしながら落下してゆく。

数分にして半数の八機を撃墜された『ワイルドキャット』迎撃部隊の指揮官は、青ざめた。

敵の零戦の強さを噂話としては聞いていたが、ここまで力の差があるとは考えてもいなかったからだ。

指揮官は、即座に援軍を求める暗電を飛ばした。

「な、なに！　すでに迎撃機の半数が撃ち落とされただと！」

迎撃部隊からの暗電に、ワトソン参謀長が顔を引きつらせた。

増援部隊の航空戦力は、三隻の空母を合わせて二八二機だ。もっとも、まだ整備中の機や予備機などを引くと、実働機は二五〇機を下回る。

そのうち艦上戦闘機は九二機で、フィード作戦参謀は半数を迎撃に回すように進言したが、

「どうせ長期の遠征部隊だ。敵の数もそう多くはないだろう」

と、スタックはまたもやフィードの言葉を無視し、先の一六機を迎撃に向かわせたのである。

（すべてが後手に回っている）

フィードは悔しさと絶望で、目の前が暗くなる思いだった。しかし、戦闘の火蓋は切られている。ここで逃げるわけにはいかなかった。

「提督。おそらく敵は空母に集中攻撃を仕掛けてくるはずです。戦艦をもっと空母に引き寄せて護衛に回してください」

駄目かもしれないと思いながらも、フィードは叫んだ。

スタックはちらりとワトソンを見ると、

「各戦艦に連絡、空母の掩護《えんご》にあたれ」

と、打電するように命じた。

やっと自分の言い分が聞き入れられたが、それに満足している余裕はフィードにはなかった。おそらく、あと数分で、敵部隊の本隊攻撃が始まるはずだったからだ。

権藤作治《ごんどうさくじ》一飛曹が操縦する九七式艦攻の狙いは、三隻の中でも一番先頭を進む新型空母だった。

空母は魚雷攻撃を避けるべく、激しくジグザク航走を続けている。しかもその周囲には、数隻の駆逐艦が空母を魚雷から遮蔽するようにとりついていた。

そのとき、敵の駆逐艦から白煙が噴き出した。煙幕である。

「ちっ。そんな小細工でごまかされるかよ」

権藤は機を捻ると、駆逐艦の風上に走らせた。

風で煙が薄い。

「見えた。今だ！」

ゴン。

九七式艦攻から吐き出された九一式航空魚雷が、いったん海面に潜り、すぐに首を上げると雷速三八ノットで走った。

白い雷跡が、敵空母の到達予想点に向かって延びてゆく。

艦攻乗りにとって、この、敵が到達するであろうポイントを読み切ることが、求められる最高の能力だ。

「いけるはずだ」

権藤が口の中で言う。

しかし、権藤の推測は外れる。いや、推測自体は当たっていたのだが、その進路に駆逐艦が入り込んできたのだ。

ズガガガ――――ン！

駆逐艦の舷側に突き刺さった魚雷が、水柱を作って炸裂した。

まともに魚雷を喰らった駆逐艦は、中央部から裂けてあっという間に沈んだ。

結果的には駆逐艦撃沈の功名だが、権藤は満足せず、舌打ちしながら愛機の高度を上げていった。

駆逐艦の体を張った防御によって難を逃がれた空母は、『バンカー・ヒル』である。

しかし、ほっとしたのもつかの間、新たな艦攻の放った魚雷が『バンカー・ヒル』の艦首付近を直撃した。

「被害は！」

『バンカー・ヒル』艦長が絶叫する。

エセックス級空母の装甲がこれまでの空母に比べて厚く丈夫なのは間違いないが、それでも魚雷の直撃が歓迎できないのは当然のことであった。

「大きな被害はありません」

報告に『バンカー・ヒル』艦長が胸を撫で下ろした。

『バンカー・ヒル』が幸運に恵まれた分だけ、姉妹艦『イントレピッド』は幸運を失っていたと言える。

掩護は『イントレピッド』も少なかったわけではない。数隻の駆逐艦と戦艦『テネシー』『ネバダ』が厚い対空砲火とともに駆けつけていたからである。

だが、魚雷の幅は数十センチに過ぎない。それが『イントレピッド』の運命を決めた。

ドガガガガ――――――ン！

わずかな隙をぬって放った日本軍攻撃部隊の魚雷が、『イントレピッド』の艦尾に炸裂し、ツキのない『イントレピッド』は方向を失った。

それを見抜いた日本軍が『イントレピッド』を生け贄《にえ》と決めて集中攻撃を始めた

のだ。

『イントレピッド』は瞬《また》く間に二本の魚雷の餌食《えじき》となった。

そこに艦爆部隊が襲いかかる。

ガガガ――――――ン！

ズガガガガ――――ンッ！

ズドド――――――ンッ！

五発の二五〇キロ爆弾の直撃を受ければ、さしもの新型艦も炎上を始めた。

致命傷は格納庫にあった航空機への誘爆だ。燃え上がった航空機の炎が爆弾に移ると、事態は最終段階と言えた。

ゴゴォォ――――ン！

グワァァ――――ン！

真っ赤な火柱が『イントレピッド』の飛行甲板を吹き飛ばし、黒煙がもくもくと天空に延びる。

「くそっ！」

艦橋の窓から『イントレピッド』の黒煙を見たフィード参謀長は、奥歯をガリガリと噛んだ。

フィードにすれば、司令部が正常に機能してさえいたら失う必要がない犠牲に思えたのである。

「敵艦隊を偵察機が発見しました」

虚しい連絡が入る。

敵の存在がわかっても、敵の攻撃部隊が去ってからしか反撃はできないし、増援部隊は臨戦態勢を取っていなかったから、反撃の準備にはかなりの時間が必要だった。

いや、下手をすれば敵の第二次攻撃部隊がすぐさまやってきて、準備中の航空機が犠牲になる可能性がある。

そんなことになれば、この部隊は増援部隊とは言えなくなってしまうかもしれないと、フィードは悲壮的な推測さえしていた。

「海が荒れてきましたね」

仙石参謀長がやや不安げな表情で言った。

荒波は、航空機が空母へ離着艦するのを難しくするからだ。『大和』超武装艦隊航空部隊の操縦員たちの腕は確かだったが、絶対はない。穏やかであればそのほうがいいに決まっている。

「あと一時間もってくれればいいのだが……な」

竜胆長官の瞳も曇っていた。

今回の作戦を言い出したのは竜胆だ。

「アメリカ軍は、必ずや増援部隊を送ってくる。それを叩きたい。東太平洋に出張《でば》ってだ」

竜胆の言葉を聞いて、『大和』超武装艦隊の幕僚たちは、息を飲んだ。

山本五十六連合艦隊司令長官が企《くわだ》てた〈ハワイ奇襲作戦〉でさえ相当に危険な作戦だったが、ひょっとすると竜胆の考えた作戦はそれ以上かもしれない。

確かに『大和』超武装艦隊は、世界最強の艦隊であることは間違いないだろう。司令部も兵たちも、誰一人それを疑ってはいない。

しかし、艦隊単独で、それこそアメリカ軍の庭とも言える東太平洋に遠征するとなると、さすがの『大和』超武装艦隊といえども生やさしいことであるはずがなかった。

司令部の沈黙を破ったのは、やはり仙石だった。

「長官がおやりなるというのであれば、私たちに異論はありません」

「ありがとう、参謀長。しかし相当に危険であることは、俺にも否定できない」

「それでもやる必要があると、長官は思われてるわけでしょう」

「ああ、その通りだ」

「であるなら、やりましょう。なあに、はなっから我々は長官に命を預けているのですからね。なあ、そうだろ」

　仙石が小さく笑いながら幕僚たちを見た。

「参謀長の言う通りですよ、長官」

　即座に賛同を表明したのは、牧原航空参謀だった。

「そうですよ、長官。私たちは戦争をしてるんです。安全な作戦なんてあるはずないですよ」

『大和』艦長柊竜一大佐が続いた。

「もちろんです」

「やりましょう」

「断固、決行しましょう」と、堰《せき》を切ったように幕僚たちが次々と賛成の意を表わした。

「一撃だ」と、竜胆は言った。

「チャンスは一度しかない。何しろ敵さんの庭に潜り込もうというのだ。攻撃を仕掛けて、ぐずぐずしているわけにはいかない。一撃したら、その後は一目散《いちもくさん》に逃げる。戦果の大きさがどの程度だったとしてもな」

竜胆は、きっぱりと言った。

それが、今なのだ。

一撃は加えた。あとはとにかく、逃げ出すだけだった。

敵が撤退してから三〇分ほどが経っている。

アメリカ増援部隊の受けた被害は、相当なものだった。空母一隻、軽巡一隻、駆逐艦五隻を失い、そのほかにも数隻の艦艇が大きな被害を受け、修理には相当の時間が必要と見られる。

当然のことながら、旗艦空母『エセックス』の艦橋には暗鬱がたれ込めていた。

この悲劇の一番の原因が無能な指揮官にあることは、誰の目にも明らかだった。

それは本人でさえわかっていたことである。

だが、それを言い出す者はない。一番文句がありそうなフィード参謀長でさえ、口を開こうとしなかった。いや、フィードの腹の中には言いたいことは山ほどある。

怒りと憎悪と憤懣《ふんまん》が、フィードの胸の中で逆巻いていた。しかしそれをそのままぶちまければ、部隊の士気が今まで以上に低下するのは目に見えている。だからあえてフィードは言葉を控えていたのだ。

（ハワイに着けば、言いたいだけ言ってやる）

フィードはそう思いながら、沈黙を守っていた。

「参謀長。救助の状況は？」

スタック中将がしわがれた声で聞いた。

「は、はい。順調に進んでいます」

答えたワトソン参謀長の声も、当然ながら生彩がなく、どこかおどおどした響きさえある。

真正面から戦って破れたのだとしたら言い訳も立つだろうが、今回の場合、スタックとワトソンにはまったく言い訳の余地はなかった。

ワトソンの頭の中には、自分に与えられるだろう厳しい処置が渦巻いていたのだ。フィードを少しほっとさせたのは敵の二次攻撃がなかったことだが、それさえもスタックとワトソンにはなんの慰めにもならなかった。

東太平洋はまさに、スタック中将とワトソン参謀長にとって地獄と化していた。

ズババババ――――ンッ。

低気圧が作った激しい波を、超弩級空母『大和』の舳先《へさき》が難なく切り裂いていた。

まだ雨こそ降ってこないが、風も激しい。もし降ってくれば、嵐になるだろう。

攻撃を終えた『大和』超武装艦隊は、アメリカ軍の追撃を避けるようにすさまじい速力で北上している。

悪天候は追撃がしにくいという意味で『大和』超武装艦隊に有利と言えないこともないが、それにしても酷《ひど》い時化《しけ》模様であった。

「この波は小型艦にはきつそうだな」

『大和』超武装艦隊司令長官竜胆中将が案じたのは、すでに主隊の前方数カイリを進んでいる囮戦隊のことだった。

旗艦の軽巡『大化』はまだしも、輸送船に擬態されている小型艦にとって、この波は容赦なく厳しいはずである。

「なあに、すべてに一本ピーンと筋の通った連中ばかりです。この程度で弱音は吐きませんよ」

仙石参謀長が、励ますように言った。

「ふふっ。いかんな。作戦の正否はともかく、どうも俺は、今回の無謀な作戦にお前たちを巻き込んでしまったことに、負い目のようなものを感じているようだ。まったく、俺らしくないと言えば俺らしくない話だが」

竜胆が、コンコンと自分の後頭部を手の平で叩いた。

「気がついていました。しかし、もう忘れてください。まだ詳細はわかりませんが、敵の新型空母を一隻撃沈したことだけは間違いありません。その戦果だけで、うちの連中は今回の作戦の成功を信じています。長官を恨んでいる奴なんぞ、決しておりませんぞ。それは私が保証いたします」

そう言ってから、仙石が自分の胸を拳でドンドンと何度か叩いた。

「ああ、わかっているよ。もう大丈夫だ。吹っ切ったよ。指揮官がいつまでもうじうじしとるわけにはいかんからな」

「そうですよ。それでこそ長官です」

仙石が大きくうなずいた。

「ところで、参謀長。航空兵たちから新型空母の印象などを直接聞きたいから、疲れのとれたころを見計らって呼んでくれ」

「承知しました」

ザザザ――――――――ッ。

艦橋の窓から激しい雨音が聞こえた。

「ちっ。ついに来たか」

参謀の一人が、黒雲がたれ込めた天空を恨めしそうに睨んだ。

第三章　リンガ泊地

『1』


初夏の強い日差しがアメリカ合衆国の首都ワシントン・DCに降り注いでいた。

ホワイト・ハウスが作る濃い影が、庭の芝生に焼き付いている。

開け放された大統領執務室のカーテンが、わずかな風に揺れた。

「まだ増援部隊はハワイに到着しておらんので、正確なところはわからんということなんだね、作戦部長」

アメリカ合衆国第三二代大統領フランクリン・デラノ・ルーズベルトが、珍しく肩を落としているアーネスト・J・キング合衆国艦隊司令長官兼海軍作戦部長を、皮肉っぽい目で見た。

「報告によれば、パールハーバーで修理可能なものもあるということですので、意外に消耗は少ないかもしれません」

キング作戦部長はそう言ったが、言葉にまったく迫力がない。自信のなさの証拠だった。

海千山千の老獪《ろうかい》な政治家と言われるルーズベルトに、そんなことが見抜けぬはずはない。

「それは、希望的観測というやつだね、作戦部長」

ルーズベルトが冷たい声で言った。

強気のキングにも、このときばかりは言い返す言葉がないのか、無言で喉をごくりと鳴らした。

「問題は世論だよ、キング作戦部長。隠し通すのは難しそうだし、知れば政敵やマスコミは私を非難するだろう。なかには講和などと喚《わめ》き立てる者もいるかもしれない。しかし、私は絶対に講和はしないよ。なぜなら、もしそんなことになれば、私の政府が倒れるのは確実だからね」

ルーズベルトは自分の言葉に激したのか、こめかみをピクピクと震わせた。

「……申し訳ありません」

　キングには珍しく、力のない声で言った。

「挽回策はあるのかね？」

　ルーズベルトが冷ややかに聞く。

「いくつかございます」

　策があるのは事実だったが、正直なところルーズベルトが望むような鮮やかな策がキングにあったわけではない。

　増援部隊が大打撃、という情報が入ってからまだ数時間しか経っておらず、キング自身が熟慮する時間がなかったからだ。

「作戦部長。こちらにも、陸軍からある申し出があるのだが、君は聞く耳を持っているかね」

　もともとどこの国でも陸軍と海軍は仲がよいわけではないが、アメリカ海軍はキングが作戦部長の座に着いてからその傾向が顕著になっていた。

　むろん戦争は海軍だけでできるわけではないが、キングは海軍の自主路線を主張した。これは海軍内部からは快《こころよ》く迎え入れられたものの、その分、陸軍の反発を買っている。

　それをふまえてのルーズベルトの言葉だった。

「できることであるならば、私も耳を閉じるつもりはありません」

本音ではないが、この状況ではキングはそう答えるのがやっとである。

「マイク。至急、陸軍長官と参謀総長を呼んでくれ」

ルーズベルトに言われたマイク・ニューマン大統領補佐官が、執務室を出て行った。

先に到着したのはジョージ・C・マーシャル陸軍参謀総長である。

軍人としても政治家としても優れた資質を見せるマーシャルは、やや白くなり始めた髪を持ち、切れ長の鋭い目に思慮深さを秘めた、いかにも紳士的スタイルの男だった。

大きな声を出すこともなく、いたって穏やかな物腰だが、若いときにスポーツと軍事訓練で築き上げた肉体は、今でも力感にあふれている。

マーシャルから遅れること十数分で到着したヘンリー・L・スチムソン陸軍長官は、小柄で小太りだが、姿勢が良く、アメリカ陸軍軍人の典型的な雰囲気を持つ男だった。

「スチムソン長官。あの話をキング作戦部長に」

ルーズベルトに促《うなが》され、スチムソンが口を開いた。

「海軍の苦戦は、君たちが陸軍をないがしろにしているからだよ」

スチムソンはのっけから挑戦的な言葉を吐いた。

「申し訳ありません、長官。海軍は決してそんなつもりはありません」

キングが硬い表情で応じた。

「だが、それはもういいよ」

薄い笑いを浮かべ、スチムソンがキングの怒気をかわすような言葉を吐いた。

「結局、現在のような苦戦の原因は、陸軍と海軍の連携の悪さにあるんだからね。そうだよな、マーシャル参謀総長」

スチムソンはマーシャルの名を出しながら、マーシャルのほうを向こうともしなかった。

そんな二人を見て、キングは腹で嘲《わら》った。

陸軍長官と参謀総長の関係が芳《かんば》しくないことは有名で、会議などで二人が争うシーンを、キング自身も何度か見ていた。

もっとも、紳士のマーシャルが声を荒げることはなく、あくまで冷静に理詰めで応じたのに対し、スチムソンはときには罵倒の言葉を浴びせることさえあった。

何故《なにゆえ》二人の関係が悪化したのか、部外者のキングは正確なところを知らないが、その一つにあのダグラス・マッカーサー大将が絡んでいるという話を聞いていた。

アメリカ陸軍史上最年少で少将になり、陸軍参謀総長という座を射止めたマッカーサーは、むろん優秀な軍人であることは間違いない。

しかし、それだけに自分に肉薄するような優秀な人物を嫌った。要はお山の大将でいたかったのだ。

それがマーシャルにとっては悲劇だったのである。

誰もがマッカーサーの後継者はマーシャルと見ていたが、それゆえにマーシャルの出世は遅れた。それがマッカーサーの妨害によるものであることは、陸軍上層部では有名だった。

マーシャルが正規の出世コースに戻ったのは、そんなマッカーサーが引退（後に復帰）してからである。

マーシャルは腹の底ではマッカーサーを恨んでいたのだろうが、表だってそれを言葉や態度で示したことはない。彼はあくまで紳士を貫き通していた。

問題だったのは、陸軍長官のスチムソンという男が、マッカーサーと近しい男だったことである。

それゆえにスチムソンは、ことあるごとにマーシャルとぶつかった。外から見ていると、スチムソンはときには難癖としか言いようのないことまで吐いて、マーシャルと対立した。

スチムソンとマーシャルはそういう関係だった。

「その通りだと思います、長官」

マーシャルが短く言った。

「ならばどうするか。私は海軍に提案したいんだ。早急にマッカーサー＝ニミッツ会談を行なって、無用な軋轢《あつれき》を取り除くべきだとね。もちろんこれには参謀総長も賛成している。どうだね、キング参謀長。海軍の意見は」

（どうかな？）というのがキングの正直な気持ちだ。

これがマッカーサーでなかったら、キングもすぐに賛同したかもしれない。

陸海軍の連携それ自体は、キングも反対ではないからだ。あくまでフィフティフィフティの立場での連携ならば、の話ではあるが。

しかし相手がマッカーサーとなると、それが怪しかった。

プライドの塊《かたまり》のような性格で常にトップの座にいなければ満足しない男は、必ず自分中心に接してくるだろう。

ニミッツという男は確かに優秀な男だが、マッカーサーの毒気に当てられる可能性も少なくない。

そうなった場合、海軍は風下に置かれる。キングはそれだけは絶対にしたくなかった。

「もちろん、作戦部長。海軍と陸軍は一〇〇パーセント対等の立場での会談です。これには我が長官も賛成しています」

キングの心の揺れを見抜いたように、マーシャルが言った。

「それは保証していただけるのでしょうね、参謀総長。これまでの陸海軍の例を見ると、私は正直、不安ですがね」

キングが窺うようにスチムソンを見る。

マーシャルなら言葉通りだろうが、スチムソンに対する疑念が消えないのだ。

「ああ、その点は保証するよ、作戦部長」

スチムソンは淀みなく答えたが、そうはいくまい、というのがスチムソンの腹だ。

マッカーサーという男が、新米長官のニミッツと自分が対等などと思うはずはないし、マッカーサーの力からすれば、ニミッツなど丸め込むのは容易《たやす》い芸当だと、スチムソンは考えていた。

「なるほど……」

答えて、キングが天井を睨む。

「他に道はないと私も思っている」

ルーズベルトが割り込んでくる。

「陸海軍が本当の連携をとるならば、今ある戦力は二倍にも三倍にも機能するんじゃないのかね、作戦部長。少なくとも陸軍はそう考えているわけだ。これはやらないというわけにはいかんよな」

すでに結論は出してあったのだろう、ルーズベルトの言葉にはやや高圧的な匂いがした。

増援部隊の件がなければキングももう少し抵抗したかもしれないが、ここではそう大きなことを言える立場になかった。

「わかりました、大統領、陸軍長官、参謀総長。その件は、作戦部長の立場からは賛成します。ただ、うちの長官が」

「ノックス海軍長官のことだったら問題はない」

ルーズベルトが切るように言った。

現在、フランク・ノックス海軍長官は胃の手術のために入院している。ルーズベルトがその気になれば、病気を理由にノックスを解任することさえできる状況なのだ。ノックスがルーズベルトにさからうはずはなかった。

『2』


東太平洋から戻った『大和』超武装艦隊は、新しく造営が進められているリンガ泊地にいた。

リンガ泊地は、シンガポールから南方へ約一〇〇カイリにあるリンガ島およびリオゥ諸島に囲まれた海域で、泊地に予定されているのは東西約五〇キロの広大な海域が設定されていた。

アジア政策を睨む形で計画されたリンガ泊地造営だが、海軍の腹づもりとしては、ここを単なる泊地とするだけでなく、訓練や演習にも使うつもりなのである。

巨大な油槽、軍事施設、病院、一般人の居留地区、慰安施設なども計画の中にはあって、南洋諸島にある日本海軍の最重要泊地であるトラック泊地と対をなすような一大軍事基地として、海軍に位置づけられていた。

『大和』超武装艦隊が、それまで母港としていたセレターからここに拠点を移したのは、訓練や演習を考えてのことだが、広大なるがゆえに正体を紛《まぎ》らすのにも最良という考えもあった。

予定通り『大和』超武装艦隊は、リンガ泊地投錨《とうびょう》後、すぐに訓練を始めた。

まずは、艦戦部隊である。新型三〇ミリ機関砲を搭載した零式艦上戦闘機の飛行と戦闘訓練だ。

それまでわずかに七機だった新型機が、一気に四倍の二八機に増え、小隊長機以外の操縦員にも零戦が与えられることになった。

もちろんこれまでにも小隊長機を使用して新型機の訓練は行なわれていたが、数に限りがあったし、使用は実戦が優先されていたりして、十分な訓練とは言えなかったのだ。

三〇ミリ機関砲搭載の影響だけではなく、新型機は操縦性能や飛行性能にも変化があった。ベテラン操縦士たちは優れた技量によって難なく飛びこなして見せたが、若い操縦員たちにはやはり不安の残る者たちも少なからずいる。

艦戦部隊に負けるものかと技術の練度向上に努めたのは、『丹号《に》』潜水部隊である。

これまでにもそれなりの実績は上げていたが、部隊を束ねる三園昭典《みそのあきのり》司令は、己《おのれ》の部隊にはまだまだ潜在能力があるのだとばかりに、訓練に邁進していた。

練度と技術の向上に励んでいたのは、艦戦部隊や潜水部隊だけではない。他の飛行部隊、対空砲火、操舵、通信、そして航空機の整備をする者たちでさえ、日夜、己の向上を目差して激しい訓練と演習に打ち込んでいたのである。

だがそんな乗組員たちの意に反し、出撃命令はここしばらく出ていなかった。

というよりも、戦況自体がこのところ停滞していたのである。

「少し不気味ですね、ここまでアメリカさんが動かないというのは……」

『大和』超武装艦隊参謀長仙石隆太郎大佐が、紙巻き煙草を灰皿に押しつけながら言った。

超弩級《どきゅう》空母『大和』の会議室である。

「我々の与えた打撃が、相当に利いてるんじゃないですか。だから動きたくても動けないんですよ」

自信ありげに言ったのは、航空参謀牧原俊英中佐だった。

「それは間違いないだろうとは俺も思うが、同時に、なんだかそれだけじゃないような気もするんだよなあ……」

首を傾《かし》げながら応じたのは、通信参謀小原忠興大佐である。

「それだけじゃないって……たとえばなんですか、通信参謀」

小原の言いたいことが理解できず、牧原が不思議そうな顔で聞いた。

「あ、いや。俺にもな、これといったものがあるわけじゃないんだが……なんかこう、アメリカの沈黙に、嵐の前の静けさといったものを感じるんだよなあ」

「嵐の前の静けさ、ですか。なんだかよくわかりませんけどねえ」

今度は牧原が首を傾げた。

「う〜ん。そう、確かにアメリカという国の力から考えると、通信参謀が言うこともまんざら的外《まとはず》れではないかもしれんな……」

言いながら、仙石が新しい煙草に火をつけた。艦橋は戦いの場だからと、そこでは煙草を口にしない仙石だが、実際はかなりの愛煙家である。

「私も通信参謀の予感は間違ってないと思う。そりゃあ、私も先日の攻撃がそれなりの効果を上げただろうとは、うぬぼれでなく考えているが、それならそれでアメリカにはもっと別の動きがあるような気もする。だから、アメリカが動かないのは俺たちの攻撃が功を奏して動けないのではなく、何か理由があって動かないのかもしれん。それが通信参謀の案じる嵐の準備なのか、それとももっと別な理由なのか……俺にもわからないが、アメリカの沈黙には、確かに不自然なものを感じるな」

仙石につられたように煙草をくわえた司令長官竜胆啓太中将が、私になったり俺になったりしながら一気に言って目を細めた。

「ならば、こちらから動いてはどうですか。アメリカが何かをやらかす前にですよ。まったく、連合艦隊は何を考えているのかな」

口をとがらせるように言ったのは、これまで黙っていた『大和』艦長柊竜一大佐である。

「山本閣下はどうされたのでしょう。これまでの閣下なら、真っ先に動かれたのではありませんかね」

「牧原の言う通りだな。何せ閣下は、短期決戦こそが皇国の生きる道とおっしゃっていた。今が、そのチャンスと考えるべきなんじゃありませんか」

牧原と柊の言葉に、竜胆長官が苦しそうな顔を作った。

「山本閣下も、動けんのだよ……いや、動けなくて一番いらいらしているのは閣下ご自身だろう」

「陸軍だよ。陸軍が閣下の手足にまとわりついているんだ」

仙石が竜胆の言葉を補足するように言った。

「閣下らしくないですよ、それも。山本閣下は陸軍なんぞに左右される人ではなかったはずです」

柊艦長が顔を紅潮させて、言う。

「左右なんぞされてるわけじゃないよ。だが、それでも動けないのさ……」

悔しさと悲しさのようのものを感じ、柊が恥ずかしそうに黙った。

「待つしかないんだよ、柊。今はじっと……その日のために腕を磨いてな」

仙石が揺れる紫煙を目で追いながら、つぶやいた。

ガガガガガガッ！

零戦の放つ三〇ミリ機関砲の音が、わずかに聞こえてきた。


「それを動かすのが、あんたたちの仕事だろうが。ああ、わかっている。陸軍の事情はわかっていると俺は言ってるだろ。だから、こっちだってごり押しはしておらんだろうが……ああ、とにかくあんたたちが力を入れてくれんでは、動くものも動かないんだ。頼むぞ」

連合艦隊司令長官山本五十六大将が、連合艦隊旗艦戦艦『長門』の長官室でゆっくりと受話器を置いた。

電話の相手は軍令部である。

竜胆の言葉通り、山本は焦《じ》れていた。

『大和』超武装艦隊の生死を賭けた攻撃によってアメリカ増援部隊の戦力は大きく削《そ》がれたはずで、今こそ大きな作戦を実行するチャンスだと山本も考えているのだ。

ところが、一時は協力を約束した陸軍が、こちらの舞台に上がってこない。

むろん、軍令部との電話でも言ったように、山本にも陸軍のお家の事情はわかっていた。

大陸問題である。

陸軍の目は、今そちらに向いているのだ。

それはわかるが、正直に言って、山本はソ連が動くとは思っていない。陸軍はその問題を大げさに考えすぎていると考えていた。

いつもなら山本は、陸軍にごり押しをしたであろう。

ところが今回、高飛車に言ってくるはずの陸軍が、変に下手《したで》に出てきているだけに、山本も無茶が言いにくいのだ。

東条あたりの小賢《こざか》しい策だろうとは山本も思っているが、そういう態度を取られると、山本という男は拳《こぶし》を振り上げられないタイプなのだ。

「ちっ」

舌打ちすると、山本は長官室を飛び出すように出た。

山本が向かったのは、『長門』の艦橋である。

長官の登場で、艦橋にサッと緊張が流れた。

もっとも、ほとんど係留されっぱなしのために、『長門』の艦橋にいる乗組員はわずかな当直兵だけだ。

敬礼をしたままの当直兵らをにやりと見て、

「もういい、もういい。散歩だよ。艦内を散歩しているだけだ」

山本の言葉に、当直兵たちの顔には困惑が浮かんだ。これまでになかったことだからだ。

「なんだか迷惑だったようだな。すまんすまん。すぐに退散する」

山本は言葉通り、すぐに艦橋を出た。

一瞬にして艦橋に安堵の空気が戻り、当直兵たちは互いの顔を不思議そうに見合わせた。

山本は、甲板に降り、艦首に向かった。

艦首の手すりに背を預け、山本は自嘲《じちょう》の笑みを浮かべる。

自分でも、自分の取った行動の意味が理解できていないのだ。ただ、長官室の椅子でじっとしているのが堪えられず、体を動かしたくなったのである。その意味では、散歩だというのはまんざら冗談ではなかった。

顔を振り上げる。

満月を幾日か過ぎた月が蒼白く冴えて輝いており、連合艦隊の象徴である『長門』の艦橋がシルエットで浮かんでいた。

「時間だな」

山本が吐き出すように、言った。

「今、俺たちと皇国の敵は、時間だ。戦《いくさ》が延びれば延びるほど、皇国は不利になって行く。それが、あいつらにはわかっていない……」

山本は『長門』のシルエットに向かって、彼らしくない大きなため息をついた。


『3』


「歴史的な握手だった」と、アメリカ太平洋艦隊司令長官チェスター・W・ニミッツ大将と南西太平洋方面司令官ダグラス・マッカーサー陸軍大将の会談を見た新聞記者は漏らした。

それは間違いはなかったが、言葉の背後にある意味は、見る者によってずいぶんと違っていた。

「アメリカはこれで救われる」と喜ぶ者がいる一方で、「醜《みにく》いほどの茶番だね」と酷評する者もいた。

「ただの始まりで、ハネムーンの行方がどうなるのか、二人の握手だけではまだわからないよ」と冷静に言うジャーナリストもいたが、たぶんそれがもっとも正しかったかもしれない。

「まず、お礼を言わせていただこう、ニミッツ提督。君の献身的な協力の承諾に対し、陸軍は十分な感謝で応じるつもりだよ」

マッカーサーはこれ以上ないくらいの笑顔で、まずそう言った。

マッカーサーの言葉に、陸軍に隷属する海軍の図式を見たような気がして、ニミッツは鼻白《はなじろ》んだ。しかし、マッカーサーならこの程度のことは言うだろうと予測していただけに、ニミッツはその怒りを表に出すことはなく薄く笑って見せた。

「それはこちらの言葉ですよ、将軍。海軍と陸軍の互いの協力こそがアメリカに勝利をもたらすと、私は信じております」

ニミッツは、言下に両軍が対等であることを滲《にじ》ませて、応じた。

「その通りですな、提督。あなたも同じだろうが、アメリカ合衆国の勝利とは、まさに我がアメリカ陸軍の勝利です。そしてアメリカ陸軍の勝利は、まさにアメリカ海軍の勝利と同じなのです」

聞き方によっては、マッカーサーも両軍が対等であるように言っているが、実際は違うとニミッツは感じる。

（詭弁《きべん》だな。前提に陸軍の勝利があるわけだ。海軍がいくら勝利しても、それは海軍の勝利というわけで、アメリカの勝利ではないとマッカーサーは言っている。陸軍が勝たない限り、アメリカの勝利ではないと……）

「私の作戦を話そう」

マッカーサーが得意げに作戦案を語り始めた。

聞いてゆくうちに、ニミッツは暗澹《あんたん》たる気分になってきた。

マッカーサーの作戦は巧みに粉飾されていていかにも対等な案のように見えたが、切れ間には明らかに陸軍主体、海軍隷属の構図が透けて見えたからである。

特に、最終目的をフィリピン奪還に置くなどというのは、ニミッツには言語道断に思えた。

結局、最終的には再び袂《たもと》を分かつことになるだろうとニミッツは内心で考えたが、当面の作戦案の中には共通する部分もあり、いくつかの私見を述べて、ニミッツは大筋案として承諾した。

　ニミッツの本音を知らないマッカーサーは、ニミッツの見識を褒め、揺るぎない協力に乾杯を求めたほどである。

「長官。本当に陸軍に、いえマッカーサーに従うおつもりなのですか！」

　副官としてニミッツに付き従っていた太平洋艦隊副長官は、司令部に戻る車の中で責めるように言った。

「そう聞こえたかね」

　ニミッツが窓の外の景色を見ながら、答えた。

「おいしい言葉で本意を隠してはいましたが、マッカーサーの言葉の裏にあるものは、明らかに海軍が陸軍に隷属するということです。聡明な長官がそれにお気づきになっていないとは、私には思えません。ならば長官は、すべてを知っていてなおマッカーサーの言う協力を承諾された。そういうことではないのですか」

「……ああ、もちろんだよ。私はマッカーサーの本意に気づいていたし、気づいていながら承諾した」

「ちょ、長官！」

「副官。君はマッカーサーが盛んにフィリピン奪還を言い立てた本当の理由を、知っているかね」

「本当の理由、ですか」

「うん」

「それは知りませんが」

「マッカーサーが、一度退役しながら再び軍隊に戻ってきた理由はどうかね」

「あ、いや、それも……」

「これはね、私も明確な根拠を持って言えるわけではなく、未確認で得た情報として聞いてほしいんだが、マッカーサーは前任のアメリカ極東軍司令官の座に就くことによって、フィリピンで一財産を築いたらしい」

「ま、まさか……」

「方法は知らないし、どれくらいの財産かもわからないが、彼はそれに成功した。そしてその財産が、まだフィリピンに残っているんだよ。日本軍の攻撃のために、フィリピンから命からがら逃げ出したので持ち出せなかったのだろう。だから彼はそれを取り戻したいんだ」

「そ、それが、マッカーサーがフィリピンに固執する理由……」

「実に言語道断な理由さ。絶対に許されざることだよ」

「……そこまでご存じで、なお」

「私だって、最後までマッカーサーの番犬を務めるつもりはないさ」

「えっ？」

「しかし、当面の作戦としては、番犬をやってもいいと考えたんだよ。政府は、陸海軍の共同作戦だけが現在の局面を転換できると考えているようだし、それはそれで悪くはないと私も思っている。先日の増援作戦の失敗で、我が太平洋艦隊は予想していた戦力を得ることができなかった。それも、陸軍との共同作戦を承諾した理由の一つだ。しかし、増援作戦が終わったわけではない。やがては我々の戦力も充実するだろう。それまでは番犬を務めてやろうと思ったのさ」

「な、なるほど」

「今頃マッカーサーは、大得意で陸軍省に連絡をしているだろうね。新米長官をうまく欺《あざむ》いてやった。これで海軍は自由に使えるとね」

「それはそれで悔しいですね」

「言わせておけばいい。いや、それどころか、かえって油断させておいたほうが、こちらは動きやすいというもんさ。そうじゃないかね」

「さすがですね、長官」

　副官が嬉しそうに笑った。

「うまくやるさ。従っていると見せて、逆に利用させてもらうつもりだよ」

「ふふっ」

「なんだか嫌な笑い方だね、副官」

「いえ。ジェントルマンとして噂の高い長官が、案外に策謀家だなと思ったものですから」

「相手によるさ。マッカーサーのような人物と付き合うには、ジェントルマンでいれるはずはないよ。ただし、いろいろと文句を言ってくる者もいるはずだがね」

「最右翼はハルゼー中将ですね」

「今から目に見えるようだよ。ハルゼーが頭から湯気を噴いて迫ってくるのがね」

「長官の真意を説明しますか」

「いや、ほうっておこう。軍人としては最高の人物だが、ときには私のように策謀家にもなれるというタイプではないからね。大丈夫だ。最後にはわかってもらえるよ、彼には」

　ニミッツはそう言って目を閉じた。

「そうだといいですね」

副官が言ったとき、ニミッツから小さないびきが聞こえた。

副官は含み笑いをすると、自分も目を閉じた。


「大した男ではなかったようだね、ニミッツというのも」

ダグラス・マッカーサーが、シャンパンのグラスを傾けながらハワイ方面陸軍司令長官に言った。

長官がお追従の笑みを浮かべて、うなずく。

オアフ島でも最高級といわれるホテルの一室である。

初めにハワイ方面陸軍司令部が用意したホテルも決して悪いホテルではなかったが、マッカーサーはあえてホテルを変えさせた。ホテル自体に問題はなく、マッカーサーの命令によりホテルを変えさせたという事実こそが、マッカーサーの目的だった。

自分がトップであることを、明確に伝えるためのマッカーサーの演出だった。姑息なことだが、マッカーサーとはそういう男だったのである。

「諸君。聞いてくれ」

突然立ち上がり、マッカーサーが言った。

ハワイ方面陸軍司令部員たちは、何事かとマッカーサーに注目する。

「海軍の愚か者たちの体《てい》たらくは諸君もご存じの通りだが、それも今日をもって終わった。理由はすでに知っているだろう。私が来たからだ。私がニミッツに命じたからだ。今日から太平洋は、陸軍が預かるとね。

そう、今日から太平洋の主役は君たちだ。むろん、懸命に働いてもらう。無能な者は去ることを進める。私は無能な者が大嫌いだからだ。しかし、有能な諸君は必ず私に感謝するはずだ。私は能力のある人物に対しては、最高の処遇を与える人間だからだ。大いに努力し、大いに成果を上げ、名誉と喜びを得たまえ」

マッカーサーの言葉に対する司令部員たちの反応は様々だったが、大方の者は心地よく聞いた。マッカーサーとニミッツの会談の内容については、ほとんどの者がマッカーサーのペースで進んだと聞いていたからだ。

マッカーサーの人となりを幾分か知っており、芳しい印象を持っていなかった者たちでさえ、半信半疑ながらもマッカーサーの実力は認めざるを得ないと考えていた。

「うむ」とマッカーサーが振り返ったのは、背後に雨音を聞いたからだ。

「スコールか」

「ええ。これが降り止んだとき、素晴らしいものがご覧になれると思いますよ」

「素晴らしいもの？」

それは十数分後に姿を見せた。

ホテルの眼下にはマリンブルーの海。左に島影が延び、その島から海にかけて見事な美しさを誇示する虹が架かっていた。

「なるほど。これは見事だ。そして、なんと至福のときだろう。諸君。あの美しい虹と、そして諸君の輝ける未来に、もう一度乾杯しよう」

グラスが鳴った。

誰もが自分の未来に虹が架かっていることを疑わなくなっていた。美味《うま》き酒と、狡猾《こうかつ》なマッカーサーの話術で。


『4』

廊下にいまいましそうな靴音を響かせているのは、ドイツ第三帝国空軍のトップであるヘルマン・ゲーリング国家元帥である。

新ドイツ空軍設立の立役者であり、ドイツ第三帝国総統の後継第一の人物と言われたゲーリングの評判は、このところ凋落《ちょうらく》気味だった。

開戦当初こそ連合国に対して華々しい戦果を上げたドイツ空軍だが、アメリカの参戦あたりからドイツ空軍絶対有利の状況が崩れ始めている。

ゲーリングは、開発部門やメーカーに、アメと鞭《むち》をもって新兵器の開発を命じていた。それはそれで成果を上げており、ドイツ第三帝国総統アドルフ・ヒトラーもゲーリングに対して完全に信頼を失っているわけではない。

問題は他にあった。

後継者とヒトラー自らに認められたゲーリングは、増長し、もはや総統の座に着いたような傲慢《ごうまん》な態度を取るようになっていたのである。

ときには海軍や陸軍に対しても、まるで総統でもあるかのような命令を下した。

また、金儲けに走っているという話もあった。戦争によって得た略奪品を強奪したり、メーカーとの黒い噂さえあったが、不幸なことに、ゲーリングは己の凋落に気づいていない。

ところがこの日、ゲーリングは思いも寄らない命令をヒトラーから受けたのだ。

無駄と知りつつ、ゲーリングはヒトラーに抗《あらが》って見せた。

「総統閣下。それは絶対でありましょうか」

ヒトラーは黙ってうなずいた。

「しかし、それでは総統閣下。空軍の総司令官としての私の立場が……」

「ゲーリング元帥。空軍は帝国のためにある。我が民族のためにある。それが理由だ」

ヒトラーのこれまでにはなかったような冷たい瞳に見つめられたゲーリングは、これ以上じたばたしても無駄であると悟った。

「わかりました。ご命令通りにいたします」

そう言ってヒトラーの元から去ったが、ゲーリングは納得していなかった。

ヒトラーの言った言葉を実行するのは、自分の空軍総司令官としての座を貶《おとし》めることになるような気がしたからだ。

「だがあわてまい。いずれ、この第三帝国は私のものになるのだ。だから今ここでヒトラーに逆らっても、何一つ得なことはないのだからな」

ゲーリングは、こみ上げる怒りと、憎悪と恥辱を、無理矢理に押し込めると、司令部を出た。すでに愛用の車が司令部玄関に横づけされており、護衛兵によってドアも開けられていた。

後部座席にどすんと乗り込むと、ゲーリングは足を組んだ。

「予定変更だ。メッサーシュミット社に」

ゲーリングは短く言った。

ドイツでも有数の航空機メーカーでは、現在、世界初のジェット機製作の後半に入っていた。

もっとも、このジェット機も、ヒトラーのわがままがなければすでに天空を飛んでいて、イギリス空軍を震撼《しんかん》せしめているはずだった。

メッサーシュミット社が開発を進めているジェット機は、初めは戦闘機として進められていたのだが、爆撃機が手薄だとヒトラーが言ったため、途中から爆撃機へと変更していた。

ジェット戦闘機としての完成が迫っていただけに、途中変更は困難を極めた。

そして、それをまた戦闘機にという変更があり、現在に至っている。

「文句は言うまい。あれが完成すれば、イギリス軍機もアメリカ軍機も赤ん坊の手を捻《ひね》るようなものだ」

プロペラ機の速力は、空気抵抗の関係で、どんなに機体を改装しても、どれほどエンジンを強力にしても、八〇〇キロ前後が限界であると航空機開発者たちは言っていた。

ところがジェット機は違うのだ。音速も可能なのである。そうなれば、連合国軍機は追ってさえ来れない。

「歴史が変わる。戦争が変わるのだ」

ゲーリングが怪しく笑った。

もっとも、現在メッサーシュミット社が開発しているジェット機には、音速で飛翔する力はない。それでもなお、現在の連合国軍の戦闘機の能力をはるかに凌駕《りょうが》している。

「見ているがいい。私が歴史を変えてやる。私が歴史を作ってやる。フォッフォッ」

ゲーリングの不気味な笑い声が車内に響き渡り、運転手がわずかに首をすくめた。

しかし、ゲーリングの夢は先を越される。

その夢を越したのは、大日本帝国海軍超技術開発局であった。

オレンジ色の炎が、機体後部の排出口から噴き出している。操縦員がスロットを引くと、超技局航空開発部が開発中のジェット戦闘機が、弾かれたように滑走路を疾駆した。

ドンという爆発音がして、ジェット戦闘機が一気に天空に浮かんだ。

「もういいんじゃないか」

航空開発部長笹木《ささき》光晴《みつはる》海軍技術少将が、試験用の計器に見入る男たちに声をかけた。

振り返ったのは、機体開発の責任者で機体課長の西村達夫海軍技術大佐である。

「問題はやはり値段でしょうね」

計器を見たままで言ったのは、発動機課長の市川太郎海軍技術中佐だ。

この二人こそが、超技局のジェット機開発班のリーダーであった。

しかし開発の端緒をつけたのは笹木少将であって、まだ艦政本部にいた時代からジェット機に夢を持っていた。

開発は、超技局の前身の超技研の時代にも続けられ、西村と市川が加わり、開発は一気に進んだ。そのまま進めば、すぐに完成していたはずである。そうならなかったのは、彼らの前に資金難という壁が立ちはだかり続けたからだ。理論上、飛ぶ。それがわかっていながら、彼らは試作機さえ満足に造れなかったのだ。

結果として、ジェット機開発は一度頓挫する。開発が止まったのだ。

再開したのは、超技研から超技局に変わってからだ。しかし、超技研のときほどではないが、資金難はつきまとった。航空開発部がジェット機を完成させたのは、一年前である。

ところが問題があった。能力的に零式艦上戦闘機とほとんど変わらないのに、値段が零戦の倍以上かかるのだ。採用されないのは目に見えている。

道は二つあった。

一つは値段を下げる努力。もう一つは能力的に零戦を圧倒すること。

両方できればそのほうがいい。それが理屈だ。

しかし、さすがの超技局のメンバーにも両方は無理だったし、「能力が高いということは、安いと同義だ」という笹木の言葉もあって、西村と市川はジェット戦闘機の能力向上に邁進した。技術者としてはそのほうが魅力的だったこともある。

そして現在、超技局航空開発部の作り上げたジェット戦闘機は、零戦をはるかに凌駕する世界最強の戦闘機と言っていいだろう。

兵装は、新型零戦が搭載している新型三〇ミリ機関砲が積まれていた。

「問題はもう一つあるだろ。零戦はまだ十分に強いのだから、頭の固い連中はジェット機などいらんと言ってるらしい」

西村が悔しそうに言った。

「解決の方法が一つある」

笹木がつぶやくように言った。

「『大和』ですね」

市川がやっと振り返って言った。

「ああ。あれに試作機を二、三機持ち込んで、こいつのすごさを見せつけてやるんだ。しかし裏工作だから、もしものときは首が飛ぶぜ」

「それこそ問題はないですよ。こいつを認められない連中ばかりなら、私はもう海軍にいる必要はありませんからね。どこぞの航空機会社にでも拾ってもらいますよ」

市川があっけらかんと言う。

「お前なら、そうだろうなあ」

西村が羨《うらや》ましそうに言った。

「お前のことも売り込んでやるが、どうだ一緒に」

「その気はあるが、海軍にもまだ未練があるんだよな、俺の場合」

「まあ、無理にとは言わないさ」

「なんだなんだ、お前たち。俺を誘わないのか」

笹木が冗談気味に言った。

「部長なら引く手あまたでしょう」

「そいつはどうかな。腕と頭には自信があるが、しょせんはぐれ鳥だからな。どうだ、いっそのこと俺たちで会社でも作るか。そして海軍の鼻をあかすってのは」

「おお。それはいいですね」

市川が賛同した。

「そうか。そうなると話は別かな」

西村もまんざらではないようで、顔を輝かせた。

「よし。その覚悟で山本閣下に話を持って行こう。あの方なら、なんとかしてくださるような気がするからな」

結論のように笹木が言うと、市川と西村が大きく相好《そうごう》を崩した。


「相変わらずお前は、おもしろくて、図太いことを考えるな」

笹木から連絡を受けた山本五十六は、そう言って笑った。

「それによ。下手をすれば俺の首だって飛びかねねえじゃねえか」

山本の言葉に、笹木が言葉を詰まらせた。

「馬鹿野郎。お前の心配するこっちゃねえよ。俺の首を切るような海軍なら、いらねえよ。そのときになったら、いっそ新しい海軍を作らねえか。ちっちゃな会社を作るよりおもしろいだろ」

山本の言葉が冗談であると、笹木にもわかる。だが、冗談を言うにもさすがに俺よりでかいなあと、笹木は変な感心をした。

「吉報を待ちな。必ずなんとかする」

山本は言った。

山本にとっても久々に爽快な気持ちになる話だった。

吉報が続いた。

陸軍省と参謀本部から、ソ連の動きが落ち着いたようだが、と海軍の意向を打診する連絡が入ったのだ。

第四章　ラバウルの死闘

『1』

グラマンF4F『ワイルドキャット』の後継機として開発されたグラマンF6F『ヘルキャット』がアメリカ太平洋艦隊に現われたのは、八月の初旬である。新たに増援されたインデペンデンス級新鋭軽空母のネームシップ『インデペンデンス』一隻とともにであった。

『ワイルドキャット』の改良型である『ヘルキャット』の機体は、『ワイルドキャット』と同様に寸胴《ずんどう》で、どう見てもスマートさとはほど遠い。

見かけの悪さは、グラマン社が開発製造した航空機の特色だったが、その代わりに堅牢なためパイロットたちの評判は悪くなかった。

そんななか、自信を持って投入された『ヘルキャット』は、性能もまた十分に優秀な艦上戦闘機であった。

零戦の倍に近い二〇〇〇馬力の強力なエンジンは、最高速度六〇五キロを叩きだし、零戦を大きく凌《しの》いでいる。

堅牢性にも拍車が掛かっており、零戦の二〇ミリ機関砲にも対抗できるとメーカー側は主張していたが、それが正しかったことは後に証明される。

ただし、操縦性能に関してはまだ零戦を超えることはできず、鈍重な動きだけは依然としてグラマン機の欠点ではあったが、それは数で十分にカバーできると海軍首脳は考えていた。

「操縦も楽らしいな」

旗艦空母『エンタープライズ』の艦橋で、アメリカ太平洋艦隊第16任務部隊指揮官ウィリアム・F・ハルゼー中将が言った。

「システムのほとんどは『ワイルドキャット』を踏襲しておりますので、ベテランは当然ながら『ワイルドキャット』に慣れたばかりのヒヨッコたちでも不安はないそうです」

参謀長のマイルス・ブローニング大佐が開発者のように得意げに言ったので、ハルゼーはにやりと笑って見せた。

一般の部下や兵たちには決して見せない、ハルゼーの生《なま》の笑いである。

「あ、いや、そうパイロットたちが話していたということです」

はにかんだブローニング参謀長の様子も、これまた普通では絶対にお目にかかれないものだった。

「まあ、いい。これでひとまず太平洋艦隊の増援態勢も一段落し、バカンスは終わったというわけだな、マイルス」

意気込みを表わすように、ハルゼーが腕を回した。

「やっとですね、提督」

ブローニングも、同じ気持ちでうなずいた。

ところが、これほどの意気込みが空回りする。

ニミッツから出撃を命ぜられたのは、フランク・B・フレッチャー少将が率いる第17任務部隊だったからだ。

「わかっているよ、ハルゼー中将」

鬼のような形相《ぎょうそう》で太平洋艦隊司令長官の執務室に飛び込んできたハルゼーを、苦笑を浮かべながら迎えた太平洋艦隊司令長官チェスター・W・ニミッツ大将が言った。

「ご説明を。まさか長官は、フレッチャーのほうが私よりも優れている、そうお考えなのではないでしょうね」

ハルゼーが、返答次第では覚悟があるという雰囲気で問うた。

「正直に言おう。フレッチャー少将には申し訳ないが、指揮官としての能力はもとより、人望、気概、そのどれをとっても君のほうが上だと私は思っている」

「ならば、なぜ」

肩を怒らせたハルゼーを、ニミッツが手で制した。

「しかし、提督。一つだけフレッチャーが君より優れている点があるんだよ」

「そ、それは聞き捨てなりませんな。私のどこがフレッチャーに劣っているというのです？」

「君の参謀長は気づいていないかな。それはね、フレッチャーのほうがマッカーサーとうまくやっていけるという点だよ。君のマッカーサー嫌いは折り紙付きだという評判は、誰でも知っている。だが今度の作戦は、そのマッカーサーと嫌々ながらでも協力していかなければならない。それが君にできるだろうか」

「見くびらないでいただきましょう。私にだって忍耐力ぐらいはあるんですぞ。ご命令とあれば、大嫌いなマッカーサーとでもちゃんと協力をしてみせますよ」

「そう、君のあの冷静な参謀長が、君をあやしながらなら、ひょっとしたらできるかもしれない」

「ぶ、無礼ですぞ、長官。それでは私がまるでガキではありませんか」

「不快だったら許してもらおう。決して悪意で言っているのではないのだから。だがな、ハルゼー提督。私はそんな君を見たくないし、自分を押し殺してするような任務で君の真価が発揮できるとは思えないんだよ。君が真価を発揮できるのは、君が自分の思った通りに怒濤《どとう》のように進むときだ。誰にも邪魔されず、のびのびと己《おのれ》の腕力を振るってね。その意味で、私は今度の作戦から君を外した。それは君のためだけじゃない。我が太平洋艦隊にとっても有益だと判断したからだ。わかってほしい。私は決して君の能力を軽く見たわけではないということをね」

ニミッツの心は熱かった。それはハルゼーにもよくわかる。だが複雑だった。

ニミッツが自分を認めてくれているのはわかったが、同時に、今度の作戦の指揮官においては自分は失格だと、ニミッツは明らかに言っていた。

「それにもう一つ、私は考えていることがある」

ニミッツが話題を変えた。

「例の不気味な日本艦隊の存在だよ」

ニミッツの言葉に、ハルゼーの表情が変わった。

アメリカ軍には、日本海軍に関する詳細なデータがある。当然組織についてもである。

ところがアメリカ軍のデータにまったく存在しない謎の艦隊があることが、はっきりしつつあるのだ。

その艦隊は、超戦闘能力を有する巨大な空母を中心として編制されており、おそらくは囮《おとり》部隊のような別働隊を持っている。これまでアメリカ海軍は、手痛い苦水を飲まされ続けているのだ。

「詳細はまだ明確ではないが、日本海軍が超巨大戦艦の建造をしつつあるのではないかという噂は聞いているよね」

「それは聞いております。基準排水量が六万トンを超えるという馬鹿でかい戦艦だと」

「そうだ。しかし、その戦艦が竣工したという話はない。だろ？」

「ええ……」

「そして、この謎の艦隊の主力である空母の基準排水量は、おそらく六万トンを超えているようだ。君はこれをどう見るかね？」

「日本海軍は六万トンの戦艦建造をやめて、六万トンの空母に改装した、と」

「数字的には符合するだろ？」

「まさにその通りですね」

「しかもこの巨大空母を要する艦隊の能力は、我々が摑んでいる日本海軍の能力のはるか上をいっている。少し大仰《おおぎょう》な見方をすれば、我が太平洋艦隊のこれまでの苦戦は、この謎の艦隊に原因があると言っていいかもしれない」

「いいえ。オーバーではなく、そんな感触は私にもあります」

「逆に言えば、その艦隊さえ取り除けば戦局は大きく変わる。私はそんなふうに考え始めているんだよ。そしてその任を全《まっと》うできるのは、ハルゼー中将、君だけだとね」

「きょ、恐縮であります」

すでにハルゼーの心から、怒りは完全に消えていた。

「そしてこれも君は気づいているだろうが、この艦隊の動きはまさに神出鬼没。まったくと言っていいほど予測がつかない。見事なほどにこちらの裏をかいてくる」

「それは同感です。まるで日本連合艦隊とはまったく別な命令系統で動いているようにさえ見られます」

「そうなんだ。そう考えたとき、次に奴らが現われるのは、珊瑚海だとかソロモン周辺ではないような気が私はしているんだ……」

「このハワイ周辺に現われると？」

「正直に言えば、よくわからない。しかし今回の増援部隊を襲撃したのも、この謎の艦隊ではないかと考えたとき、その可能性は十分にあると思える。そしてそのときこそが、君の出番だとね」

「なるほど……」

「君が待つのが苦手なことは知っている。しかし、今回ばかりはそれをお願いしたいんだよ」

「そういうことであれば、私にも異論はありません。待ちましょう。そしてのこのこと現われたときに、戦力をアップさせた我が部隊が叩きつぶしてご覧に入れます」

ハルゼーが自信たっぷりに言った。

「頼むよ、中将。これ以上、日本軍に甘い顔は見せられないからね」

ニミッツの視線とハルゼーの視線ががっちりと合い、結ばれた。

ニミッツの読みはこのとき、見事に的中していた。

アメリカ太平洋艦隊の新たな増援部隊の殲滅《せんめつ》を目差し、『大和』超武装艦隊は、再度東太平洋に向かって驀進していたのである。

しかし、『大和』超武装艦隊は東太平洋行きを中断し、転針した。

「ソロモン周辺のアメリカ陸軍が動き出したというのですね」

『大和』超武装艦隊航空参謀牧原俊英中佐が、悔しそうに言った。

久方ぶりの出撃に闘志を漲《みなぎ》らせていただけに、転針は牧原にとって慚愧《ざんき》に堪えなかったのだ。

「それだけじゃないようだ。暗電だから詳細はわからないが、帰国命令には別の何かがあるらしい」

仙石隆太郎参謀長が、腕を組みながら顔をしかめて言った。

この当時、連合艦隊は、太平洋や別の海域に展開している各艦隊への連絡方法として、ラジオ放送に暗号を含ませる方法をとっていたが、暗号だけに詳しい内容を加えられなかったのだ。解読されることを恐れていたせいもある。

漠然とした内容だけに、受けた側は苛立《いらだ》つことがあったが、無線封鎖を命じられているために各艦隊が質問を返すことはできない。

「ともあれ、アメリカは命拾いしたというわけだ」

小原忠興通信参謀のあまりうまいとは言えない冗談に、艦橋で失笑が漏れた。

「慣れない冗談は首を絞めるぞ、通信参謀」

仙石参謀長の揶揄《やゆ》に小原が首をすくめた。それが爆笑を呼んだ。


『2』


フレッチャー少将麾下《きか》の第17任務部隊が、ニュー・カレドニア島のヌーメア軍港に投錨《とうびょう》したのは八月一八日であった。

すでにヌーメアにはマッカーサーの部下で連絡を勤めるW・Y・ターロット陸軍少将が到着しており、早速、第17任務部隊旗艦空母『エセックス』に乗り込んできた。

「フレッチャー少将。マッカーサー閣下からのご命令は……」

挨拶をしかけたフレッチャー少将に対し、ターロット少将はそれを受けもせずに淡々と語り始めた。

言葉つきは淡々としていたが、その態度はまさにマッカーサーの威光を笠に着た、虎の威を借る狐のようであり、さすがのフレッチャーも内心で怒りを爆発させていた。

マッカーサーの作戦は、陸軍の航空戦力とフレッチャーの艦隊によって、日本海軍基地航空部隊の要《かなめ》であるラバウル基地を強襲し、大きな被害を与えようというものであった。

しかし、ターロット少将が述べる詳細を聞くにつけ、フレッチャーの眉間に深いしわが刻まれていった。

言葉でこそ協力体制を言ってはいるが、実際には陸軍が主導的な位置にあり、フレッチャーの艦隊はそれの添え物的存在に過ぎなかったのである。

ニミッツが見抜いた通り、もしハルゼーがここにいたら、怒りで帰ると言い出したかもしれないほどの内容であった。

「以上です。何かご質問は」

自分の言うべきことを喋り終えたターロットが、肩をそびやかした。

反論は許さないとばかりのターロットの態度に、フレッチャーは黙って首を振る。

ターロット、いや彼の背後にいるマッカーサーの力に押されたのも確かだが、フレッチャーは出撃の際に、ニミッツからマッカーサーの命令に逆らわないようにと言われてもいた。

マッカーサーがここまで海軍にとって屈辱的な作戦を立案するとは、ニミッツも思っていなかったのだ。

八月二二日未明、アメリカ陸軍航空部隊の数カ所の基地から、攻撃部隊が出撃した。

戦闘機、爆撃機など、総数二五〇機を超える前代未聞の大攻撃部隊だった。

珊瑚海上空で集結した巨大なアメリカ部隊に、最初に気づいたのは、ラバウル基地のあるニューブリテン島北東にあるニューアイルランド島ガビエン水上基地所属の水上偵察機だった。

「敵機が雲霞《うんか》のごとくだと！　何を惚《ほう》けてやがるんだ！　もっと正確に報告させろ！」

報告を聞いたラバウル基地司令が、怒鳴った。

「それが、数が多すぎて正確に報告できない模様です」

そこまで聞いて、基地司令は顔を蒼白に変えた。

「とにかく迎撃機を上げろ！」

基地司令の命令で、一八機の零戦がトベラ飛行場を出撃した。

数分で、零戦部隊は敵の掩護《えんご》部隊と遭遇する。

アメリカ陸軍航空部隊のベルP38『エアコブラ』と、カーチスP40『ウォーホーク』だった。

両機とも能力的には零戦の足元にも及ばない凡機だが、この日は違った。

いつもなら、零戦はやすやすと背後を取って撃ち落とす。いや、この日も背後を取ること自体は難しくなかった。

違うのは、背後を取る間に零戦自体が別の敵機に背後を取られ、攻撃を完全に果たさないうちに離脱させられてしまうのだ。

剛毅な零戦操縦員の中には、背後につかれたのを知りつつも敵機に攻撃を加え続け、敵機の撃墜とともに己もまた珊瑚海に落ちていく機もあった。

零戦部隊の苦戦は、そのまま敵爆撃部隊の侵入につながる。

ヒューン。

ヒュ――ン。

ヒューン。

ドド――――――ン！

ガガガ――――――ンッ！

グワァァン！

ボーイングB17『フライング・フォートレス』重爆撃機をはじめとしたアメリカ陸軍爆撃部隊の放つ爆弾が、次々とラバウル基地を砕いていった。

ラバウル基地には五つの飛行場があり、飛行場によって配属されている機種が違っている。

この日一番多くの被害を出したのは、陸攻、艦攻、艦爆が配属されているラバウル西飛行場であった。

もともとアメリカ軍に比べると、日本軍の格納庫は柔《やわ》で攻撃に弱い。それを西飛行場は悲しいくらいに証明した。

グワァン！

グババァン！

爆弾を喰らった陸攻が四散し、炎上した。

炎は瞬《また》く間に飛行場に広がる。

絶叫を響かせながら消火班が必死に消火作業を行なおうとするが、敵機の爆弾はそれを阻止せんとばかりに兵の頭上に降り注いだ。

黒煙が渦巻き、紅蓮《ぐれん》の炎が施設を飲み込んでゆく。

爆発で吹き飛んだ車輪が消火中の兵に激突し、兵は声もなく叩きつぶされた。

タンタンタンタンタンタンッ！

乾いた音を上げながら、高射砲が叫ぶ。

数が多いことが幸いしたのか意外な効果を上げたが、それでも敵の圧倒的な数に比べれば悔しいくらい弱々しい反撃であった。


ラバウル基地が大空襲を受けていると第八艦隊が知ったのは、空襲直後である。

このとき第八艦隊は、ラバウル基地の南西二五〇カイリにあった。

第八艦隊司令長官三川軍一中将は、麾下の第八航空戦隊に迎撃部隊の出撃を命じるとともに、艦隊を全速でラバウル基地に向かわせた。

「マッカーサーめ。ついに動き出しやがったか」

憤怒《ふんぬ》の形相で言うと、三川長官は唇を噛みしめたのであった。

偵察機から敵艦隊発見の報を受けたフレッチャー少将は、唇を歓喜に曲げた。

このままでは、自分は陸軍の脇役どころか端役さえ演じられないような気がしていたのだ。

「全力で日本艦隊を叩くぞ。これを逃がせば、我が艦隊がわざわざこんなところまで遠征してきた意味がないと知れ！」

フレッチャーはこれまでにないほど興奮した調子で、絶叫した。

それだけマッカーサーに対する恨みが深かったのであろう。

ほぼ同時刻、第八艦隊の索敵機もフレッチャー艦隊を発見し、報告してきた。

この日の空襲をアメリカ陸軍だけの作戦と考えていた三川長官は、自分のうかつさを恥じたものの、そんなことにいつまで拘泥《こうでい》している男ではない。

「参謀長。敵艦隊に向けられる航空機は？」

「艦戦部隊はラバウルに取られている分だけ手薄ですが、艦攻と艦爆部隊はどうにか使えます。合わせて三〇機程度かと」

「よし。出撃させろ」

三川が命じた。

敵の艦隊の規模を考えると、この数が十分とは思えないが、もともと第八航空戦隊は小型空母しか持たない戦隊で、基地航空部隊との連携を必要とする機動部隊なのである。その基地航空部隊が攻撃を受けている以上、持てる戦力で戦うしかなかった。

それに比べると、『エセックス』は一〇〇機、『ワスプ』は八四機、『ヨークタウン』は九〇機と、第17任務部隊は三空母で二七四機の航空戦力を持っており、力の差は歴然としている。

三川は艦隊の全滅さえ覚悟していた。

フレッチャー少将が送った攻撃部隊は、艦戦部隊二四機（F６F『ヘルキャット』一二機、F４F『ワイルドキャット』一二機）、艦攻部隊三二機、艦爆部隊二六機の計八二機だった。

全戦力からすればさほどの数でないのは、作戦前の陸軍との取り決めで、陸軍の要請があれば第17任務部隊は陸軍のために支援部隊を送る約束があったからである。

これが後で第17任務部隊の後悔の種になろうとは、フレッチャーは思いもしない。

敵艦隊からおよそ数十マイルで、アメリカ海軍攻撃部隊は一一時の方向から接近してくる敵航空部隊を発見した。

アメリカ部隊を指揮（艦爆部隊指揮官兼任）するモーズ少尉は、掩護部隊に迎撃を命じた。

零戦部隊を予測していたアメリカ掩護部隊は、それが見慣れた零戦ではなかったことをいぶかしんだ。

後に判明するのだが、その日本航空部隊は、ラバウルの危機を聞きつけて支援に駆けつけてきたニューギニア方面に駐屯する陸軍航空部隊だったのである。

二四機の一式戦闘機『隼《はやぶさ》』によって編成された支援部隊の指揮を執るのは、アメリカ陸軍航空部隊が恐れる大日本帝国陸軍航空部隊の撃墜王、工藤雅美《まさみ》少尉であった。

機首固定の機関砲（型によって一二・七ミリと七・七ミリがあり、ともに二挺を搭載していた）しか持たない隼は、零戦に比べると非力と言われ、主役の座を三式戦闘機『飛燕《ひえん》』に譲ろうとしていた。

そんな中にあって、工藤の指揮する部隊は技量によって非力をカバーした比類無き部隊だったのである。

モーズ少尉は隼と戦った経験がなく、初めは他の隊員と同様にいぶかしんでいたが、零戦に比べるとスマートなその機体から敵は弱しと判断し、猛然と襲いかかっていった。

工藤にすれば、猪突猛進と突っ込んでくる敵部隊は思うつぼであった。

武装だけではなく、馬力や速力でも零戦に比べれば見劣りのする隼だが、決して凡機ではなく飛行性能も決して悪くはない。しゃにむに来る敵をかわして見事に背後につくと、砲弾を叩き込んだ。

ズガガガガッ！

ズガガガッ！

火を噴いた一二・七ミリ機関砲弾が、頑強でなる『ワイルドキャット』に吸い込まれてゆく。

機体を打ち抜かれた『ワイルドキャット』から黒い燃料が噴き出し、一瞬にして炎に包まれた。

相手が意外にも強敵であることを、モーズ隊が悟ったときはすでに遅く、五機の『ワイルドキャット』と二機の『ヘルキャット』が餌食《えじき》になっていた。

そこに第八航空戦隊麾下の六機の零戦が駆けつけてきた。

工藤少尉が、こいつらは俺たちに任せろとばかりに翼をバンクさせるのを見て、零戦部隊は敵爆撃部隊（艦爆・艦攻部隊）に襲いかかった。

掩護部隊の苦戦を目の当《ま》たりにしていただけに、アメリカ爆撃部隊は恐慌に包まれ、爆弾と魚雷を捨てて逃げまどった。

戦いの妙と言えばそれまでかもしれないが、結果的にアメリカ攻撃部隊は、第八艦隊に一発の爆弾も、一基の魚雷も放てずに、逃げ戻ったのである。

もっとも、第17任務部隊攻撃に向かった第八航空戦隊攻撃部隊の結果も惨憺《さんたん》たるもので、四〇機中一二機が撃墜、六機が未帰還で、駆逐艦と巡洋艦に軽度の被害を与えたに過ぎなかった。


マッカーサーはこの日の戦果を、今度の戦争においてアメリカ軍が初めて上げた大勝利と本国に報告した。

それは間違ってはいない。トベル飛行場は完全に使い物にならず、二つの飛行場は復旧に数週間かかるだろうと言われていた。

ところが、疑念を抱いた者もいる。特にマッカーサーとの関係があまり良くない者たちの間には、勝利には違いないが二五〇機もの大部隊を投入した割には戦果が小さいのではないか、という疑念が渦巻いた。

また、マッカーサーが自軍の受けた被害について詳細を濁《にご》したことも、疑念を深めることになった。

実は、その疑念は当たっていないこともなかったのである。

それは、二五〇機の大部隊の正体が証明していた。

数は間違ってはいないが、その半数近くが老朽の激しい旧型機であったのだ。中には飛ぶのがやっとで、とても戦闘に参加できないような航空機さえ混じっていた。

マッカーサーがそうまでして大部隊を投じたのは、彼特有のパフォーマンスであろう。

華々しい作戦であったことを世間に見せたいがための、からくり芝居だったのである。

日本軍の高射砲が意外な効果を上げたのは、それが理由であった。

結果としてマッカーサーは老朽機の半数近くを失っているが、この中には日本軍から被害を受けたものではないものも含まれている。帰途の途中、ついに航空機としての寿命が尽きて墜落した機もあったのである。

これでは、マッカーサーは、自軍の被害など発表できるはずもなかった。

珊瑚海を南下する第17任務部隊旗艦空母『エセックス』の艦橋で、フレッチャー少将は葉巻をくゆらしていた。

少し複雑な気分でいる。

彼にすれば、せっかく発見した日本艦隊にまったく被害を与えられなかったため、マッカーサーからなじられると思っていたのだが、意外にもマッカーサーからの無電では、フレッチャーを労《ねぎら》い、感謝するとまで言ってきていたのである。

褒められることは、フレッチャーだって嬉しくないわけはない。

が、褒められるようなことをしたわけではないだけに、マッカーサーの言葉は尻をむずがゆくさせていた。

「いいじゃないですか。こちらにいる限り、マッカーサーと付き合わざるを得ないんです。気に入ってもらえたのなら素直に喜びましょう」

単純に言ってのけたのは、フレッチャーの参謀長であるウィリアム・G・マイヤーズ大佐だ。

マイヤーズ大佐は作戦面でときに非凡なところを見せることもあるが、性格はこのように単純なところがあり、フレッチャーを苛立たせることも度々《たびたび》あった。

「そうもいかないさ。マッカーサーという人は相当に策士だというから、言葉をそのまま受け取ると後でひどい目に遭いかねんからね」

フレッチャーが自分に言い聞かせるように言った。

「そんな話は私も聞いてはいますよ。しかし、今回の作戦で見せたように、優秀であることも間違いはありません。そういう人間とうまくやるのは、提督にとっても決して悪いことではないと、私は思いますすけどね」

「もちろんそれはわかっているさ。しかしな」

「いいですか、提督。そういう疑いの気持ちを胸に納めていると、相手は意外に気づくものです。そうなった場合、それこそマッカーサーみたいな人間は可愛さ余って憎さ百倍と、ころりと態度を変えかねません。それじゃつまらんではありませんか。私はそれを案じているのです」

「……そんなものだろうか……」

マイヤーズの言葉は意外なほどに、フレッチャーの胸にしみた。

「また、ニミッツ長官がハルゼーではなく提督にこの任務を与えたのは、提督ならばマッカーサー将軍とうまくやっていけると思ったからでしょう。その意味でも、マッカーサー将軍の信任を得ておくことは、ニミッツ長官の信頼に応えることになるんですからね」

マイヤーズがたたみかけるように言った。

単純でわかりやすいだけに、マイヤーズの論は不思議に説得力があった。

「わかったよ、参謀長。私ももう少し素直になってみよう。マッカーサー将軍の信任を失い、なおかつニミッツ長官の期待を裏切るとなると、私は本国に戻るしかなくなってしまうのだからね」

「同時に私もですよ、提督」

マイヤーズがおどけるように言った。

「まあ、そういうことだね」

フレッチャーが望んで参謀長に推挙しただけに、彼がしくじればマイヤーズが今の立場にとどまれる可能性はほとんどなかった。

ゴウォ―――ン。

ゴゴウォ―――ン。

飛行甲板のほうからF６F『ヘルキャット』のエンジン音が聞こえてきた。

フレッチャーは、今回の攻撃失敗を反省材料に、操縦の未熟なパイロットに飛行訓練を命じていたのである。

立ち上がって、飛行甲板を見下ろした。

黒く塗装された『ヘルキャット』が、飛行甲板を滑るように走ってゆく。

一瞬、右に傾《かし》いだのは、風が強くて流されたのだろう。

乗っているのはベテランらしい。すぐに態勢を立て直し、離陸していった。

第17任務部隊が、オーストラリア本土の都市ブリスベーンの南西太平洋司令部にいるマッカーサーから二度目の出撃を命じられたのは、ヌーメア軍港に帰還してから三日後であった。

パールハーバーからヌーメア、ヌーメアから珊瑚海、そしてまたすぐに出撃するあわただしさに、若い乗組員たちは音《ね》を上げたようだが、フレッチャーの士気は高かった。


トラック泊地に投錨していた第一航空艦隊（第一航空戦隊と第二航空戦隊）が、山本五十六大将からラバウルに転戦を命じられたのは、ラバウルが大空襲を受けた三日後である。

山本が第一航空艦隊に転戦を命じたのには、二つの理由があった。

一つは、マッカーサーが再びラバウルを攻撃してくる可能性があり、基地航空部隊の支援を受けられなくなってしまった第八艦隊のみでは心許《こころもと》なかったからである。

もう一つは、第一航空艦隊の搭載機の一部を、戦力が減ってしまった基地航空部隊に移譲するためだった。

ただしこの移譲策には、珍しく連合艦隊参謀長宇垣纏《うがきまとめ》中将から異論が出た。

「長官。基地航空部隊の戦力増強はわかりますが、この策は両刃《もろは》の剣です。移譲によって第一航空艦隊の戦力は大きく減じ、もし敵機動部隊に遭遇した場合、第一航空艦隊は著《いちじる》しく反撃力を低下させてしまいます。私も基地航空隊の重要性は承知しておりますが、第一航空艦隊を失うことはそれ以上に重大事と考えます」

宇垣はそう言って、山本に翻意《ほんい》を迫った。

「参謀長の気持ちもわかる。しかし、俺はラバウルを守るほうが正しいと判断している。今、ラバウルを失えば、海軍の南方攻略作戦は根底から瓦解するだろう」

山本に翻意の意志がないと悟った宇垣はそれ以上言わなかったが、納得したのではないことは、緊張が抜けていない態度で明らかだった。

そして、山本には、宇垣にも言えない秘策が腹にあったのである。


『3』

第一航空艦隊麾下の四隻の空母からラバウル基地航空部隊に移譲されたのは、艦戦二八機、艦攻三六機、艦爆三六機の合計一〇〇機で、これは第一航空艦隊の航空戦力のほぼ三分の一であった。

言い換えれば、第一航空艦隊は戦力の三分の一を失ったことになる。

「やはりいささかの不安はありますな」

第一航空艦隊参謀長（第一航空戦隊参謀長兼務）草鹿龍之介《くさかりゅうのすけ》少将が、飄々《ひょうひょう》とした感じで言った。

「足らん分は、根性で補うしかあるまい」

憮然《ぶぜん》とした調子で第一航空艦隊司令長官（第一航空戦隊司令官兼務）南雲忠一《なぐもちゅういち》中将が答えた。

南雲も基本的には宇垣と同じ考えで、搭載機を基地航空隊に移譲することには反対だった。

移譲しなくてもラバウル沖に待機していれば同じだろうとさえ、南雲は思っていた。

しかし根っからの軍人である南雲は、不満や愚痴を口にすることを恥と考える男だったため、根性などという言葉を持ち出すしかなかったのだ。

日本軍は、陸海軍を問わず、精神や根性で急場を凌げると口にする者が少なくなかったが、南雲はそれにも限界があることを知っていた。

南雲の外貌からして精神論の権化のように言われるが、実際は違い、もう少し合理的なものの考え方のできる男であった。

南雲がもし世間に誤解を与えていたとしたら、先ほどのように、苦し紛《まぎ》れに精神論に近い発言をするからだろう。

そういう男だから、実際には失った戦力を根性で補うことは難しいと理解していたのである。

第一航空艦隊が珊瑚海を南下したのは、搭載機を基地航空部隊に移譲した翌日であった。

南雲にすれば、前《さき》のアメリカ軍空襲時に、第八艦隊をしてそれを葬《ほうむ》り去るつもりだったのである。

航空戦力は減少していたが、第八艦隊から得た情報によれば、敵艦隊の空母は三隻で、航空戦力では拮抗しており、十分に交戦可能と南雲は読んでいた。

その日の夜半、第一航空艦隊は日本海軍の制海権ぎりぎりの海域にいた。

「敵飛行部隊発見せり」の報告が索敵機から入ったのは、当直以外の乗組員がハンモックに潜り込んでいる時間だった。

「数は一〇〇機を超えている」と、報告は続けた。

「来ましたね、長官」

まだ目をしばしばさせながら、草鹿参謀長が艦橋に入ってきた。

「発見されたのは、今度も陸軍航空部隊のようです」

『赤城』艦長が興奮を隠さずに言った。

「ほうっておけ。前回と違って発見が早いから、基地航空部隊もそれなりの応戦態勢がとれるだろうし、第八艦隊や陸軍の航空部隊もいる。あっちはそいつらに任せておけばいい。俺たちの狙いはあくまで敵艦隊だ。アメリカ軍が前回と同じ攻撃策を取るという保証はないが、そう遠くない海上に敵艦隊はいるはずだ」

南雲の口調は冷静で、興奮や緊張はまったくない。どこか獲物を追いつめる猟師のようだと、草鹿は唐突に思った。

しかし、今度も敵艦隊を発見したのは第八艦隊の索敵機で、第一航空艦隊とは三〇〇カイリ近くの距離があった。

無理に攻撃を仕掛けるつもりならできない距離ではないが、そうなると燃料の関係で航空部隊が攻撃に費やせるのはわずかに一〇分程度しかない。それでは満足な攻撃ができるとは思えず、南雲は即座に艦隊に針路変更を指示した。

あと五〇カイリも縮めれば、航空部隊の攻撃可能な時間が倍はとれるはずだったからだ。

「裏をかいたつもりだろうが、そうはさせるか」

南雲が初めて感情を表に出して、舌打ちした。

第八艦隊を指揮する三川軍一中将は、索敵機から敵艦隊発見の報を聞き、正直のところ迷った。

報告の内容から見て、発見した艦隊は先日の艦隊と同じだろう。

空母三隻、重巡三隻、軽重に二隻、駆逐艦一〇から一二隻。

まともに正面から当たっても勝てるとは思えなかった。先日は陸軍航空部隊の支援という僥倖《ぎょうこう》に恵まれたが、今日もそうなるとは限らない。いや、支援はないと考えたほうがいいだろう。

この日、第八艦隊はラバウル基地のあるニューブリテン島の南方を進んでいた。敵艦隊との遭遇を避けるようにと、連合艦隊司令部から指示されていたからだ。

先日の戦いで航空戦力が減少していたし、基地航空部隊の支援もないことが予想されていたからである。ところが、それが裏目に出てしまったというわけだ。

三川が初めに考えたのは撤退だ。敵艦隊との距離はおよそ一九〇カイリ。敵に発見されていないとすれば、撤退は可能だろう。しかし発見されているとすれば、やられ損になるだけだ。

艦砲決戦の時代なら余裕を持って逃げられる距離だが、航空戦の現在では攻撃有効距離である。

せめて第一航空艦隊の位置がわかれば対処のしようもあると三川は思ったが、それもまた僥倖の類《たぐい》と考えるべきだろう。

「長官……」

参謀長が不安げに命令を待っている。

「迎撃に努め、北上する。少しでもニューブリテン島に近づければ、陸軍航空部隊やラバウル基地以外の基地航空部隊の掩護を得る可能性が高くなるからな」

三川は、武人としては屈辱の決断をすると、唇を噛んだ。部下たちを犬死にさせたくなかったからだ。

三川の推測は当たっていた。

アメリカ軍第17任務部隊は、第八艦隊を発見すると素早く攻撃部隊を出撃させていた。

今日こそ敵艦隊に大きなダメージを与えなければ、ソロモンくんだりまで遠征してきた意味がないとまで、フレッチャー少将は思っていた。

とはいえ、相変わらず攻撃部隊の戦力は、マッカーサーの要請で縛られている。

そのため、フレッチャーが出撃させた攻撃部隊は先日と同数だった。


アメリカ陸軍航空部隊も誤算を感じていた。

前回の攻撃は完全な奇襲成功だったが、今日はラバウル基地攻撃前に発見されていたらしく、珊瑚海上空で敵の迎撃部隊が襲いかかってきたのである。

零戦は高々度だとその性能が相当に落ちる。高々度を飛ぶことができる重爆撃部隊はともかく、旧式の老朽機は十分な高度をとれないために、あっという間に零戦の餌食となった。

ズガガガガッ！

ズドドドドドッ！

怨念を晴らすかのように、零戦部隊はアメリカ軍機に機銃弾の嵐を叩き込んだ。

グワァン！

ドガガァァン！

天空に炎の花が咲き乱れる。

ギュウウ――――――ン。

ギュィ――――ン。

そのとき、上空からF6F『ヘルキャット』部隊が急降下してきた。

『ヘルキャット』部隊はこの日、重爆撃機の掩護に専念するよう命じられていたため、眼下で進行する悲劇を歯を食いしばって堪えていたが、ついに耐えきれず攻撃に入ったのである。

ズドドドドドドッ！

ズガガガガッ！

『ヘルキャット』の両翼に搭載された六挺の一二・七ミリ機銃が、火を噴く。

まともに一二・七ミリ機銃弾を喰らった零戦が、瞬時に炸裂した。

だが、『ヘルキャット』の登場に気づいた零戦部隊も、すぐに見事な対応を見せた。

ここから、零戦の格闘戦能力のすごさと『ヘルキャット』の比類なき頑強さが、航空戦史に残る死闘を見せることになる。

操縦性能に勝る零戦は、巧みな操縦もあって、いとも簡単に『ヘルキャット』の背後に吸いつくなり機銃を放った。だが、『ヘルキャット』は落ちない。

しかも逃げ足は零戦をはるかに上回っているから、そのまま全速で零戦の捕捉から逃げ出してしまうのだ。

無尽蔵に機銃弾と砲弾を持っているなら零戦に有利だが、そんなことはあり得ない。しかも老朽機攻撃をした後だったために、零戦たちはかなり機銃弾と砲弾を使っているのだ。

長引けば不利と悟った零戦部隊は、一撃必殺を狙って『ヘルキャット』に追いすがる。

ズドドドドドドッ！

零戦の二〇ミリ機関砲弾が『ヘルキャット』の垂直尾翼を砕いた。機体は頑丈でも、垂直尾翼を砕かれれば航空機は当然バランスを失う。

哀れな『ヘルキャット』は、錐《きり》もみしながら眼下の珊瑚海に吸い込まれていった。

ガガガガ――――――ン！

ドガガァァ――――ン！

グワワァン――――ン！

高々度からアメリカ陸軍航空部隊の重爆撃機が飛行場めがけて爆弾をばらまく。格納庫が四散し、宿舎の建物が炎上する。

しかし日本兵は、今日の攻撃が前回のものに比べると軽いことを肌で感じていた。

ダッダッダッダッダッ！

タンタンタンタンタンッ！

飛行場の隅に設置されている機銃が、唸《うな》りを上げる。こちらは逆に、以前よりも効果を上げられずにいる。

日本海軍の機銃の射程距離はおよそ一万メートルだが、その数字はあくまで機銃弾が届くというだけで、実際に敵に大きな被害を与えられるのは四〇〇〇メートル程度が限界なのだ。

この日の重爆撃部隊は高度を四〇〇〇メートル以上取っていたために、かなりの幸運に恵まれない限り、機銃弾による攻撃は効果がない。

むろん高々度からの爆撃にもリスクはある。この高度からの爆撃になると、命中率がガクンと落ちるのだ。

グワァン！

低空で侵入したグラマンTBF『アベンジャー』艦上攻撃機の放った魚雷が、第八艦隊第一六戦隊麾下の軽巡『龍田《たつた》』の左舷に炸裂した。

基準排水量三二三〇トン、最大速力三三ノット、兵装は一四センチ砲四基四門、五三センチ魚雷発射管六門の『龍田』は、現役の軽巡としては最も古いタイプの艦で、性能的には誰もが物足りなさを感じる艦の一つだった。

ところがこのときは、意外な粘りを見せた。二発目の魚雷を、速度が落ちた艦体で見事に回避したのだ。

しかも、魚雷を放って急上昇に移った『アベンジャー』を、機銃によって撃墜したのである。

ドーン！

ド――――ンッ！

第三六駆逐隊の駆逐艦『芙蓉《ふよう》』が、『龍田』を掩護すべく一二センチ砲を放ちながら接近してきた。

ズガガガ――――――ン！

その『芙蓉』に魚雷が直撃する。

これまた旧式の駆逐艦で排水量わずか八二〇トンの『芙蓉』には、一発の魚雷が命取りになった。あっという間もなく艦体を一回転させると、『芙蓉』は海底に没した。


「なんだと！」

新たな日本艦隊発見の報告が、フレッチャー少将を一瞬、呆然《ぼうぜん》とさせた。それも、空母四隻と軽巡一隻、駆逐艦数隻の機動部隊である。

戦力的な問題はないとフレッチャーは思ったが、マッカーサーの縛りが彼を迷わせたのだ。

「やりましょう、提督。確かにマッカーサー将軍の要請は守れれば守りたいですが、私たちは海軍です。艦隊を失うわけにはいきません」

あれほどマッカーサーの意向を大事にしろと言ったマイヤーズ参謀長が、ここでは至極単純な理由でそれを裏切るように進言した。

「しかし、参謀長」

「しかたありませんよ。ここで私たちがマッカーサーとの約束を守って戦力を温存し、艦艇を失っても、あの人が我々を助けてくれるという保証はないんですからね」

フレッチャーは、マイヤーズという人物に不思議な感慨を持った。自分とはまったく別の人種であるような気さえした。

しかし、これまでにも感じていたことだが、妙な説得力があるのだ。

「いいだろう、参謀長。君には地獄まで付き合ってもらうよ」

フレッチャーがまなじりを上げ言った。

「どうせならば、提督。天国とおっしゃってくださいよ」

マイヤーズが抗議するように言って、にやりと笑って見せた。

「当然、マッカーサー将軍には連絡をしないんだろうね」

「無線封鎖中ですからね」

マイヤーズが軽く言った。

「急いで出撃準備にかかれ。これからの戦いが私たちの本当の戦いになるだろう。以上だ」

これまでにないフレッチャーの強い言葉で、幕僚たちに新たな緊張と闘志が湧いた。

ゴゴ――――ン。
ゴォ――――――ン。

第一航空艦隊旗艦空母『赤城』の飛行甲板を、歴戦の航空兵たちが離陸してゆく。ほとんどの者が〈真珠湾奇襲作戦〉を経験しており、頼れる者たちだった。

南雲忠一中将がアメリカ艦隊に送りだした攻撃部隊は、零戦二〇機、九七式艦上攻撃機四四機（うち爆装一六機、雷装二八機）、九九式艦上爆撃機四八機、計一一二機であった。

ほぼ同時刻に、フレッチャー少将も新たなる敵に向かって攻撃部隊を出撃させた。編制は、グラマンF４F『ワイルドキャット』艦上戦闘機一二機、グラマンF６F『ヘルキャット』艦上戦闘機一六機、カーチスSB２C『ヘルダイバー』艦上爆撃機三二機、グラマンTBF『アベンジャー』艦上攻撃機四二機の一〇二機である。

敵上空に達したのが日本軍攻撃部隊のほうが早かったのは、風の影響だった。日本軍には追い風、アメリカ軍には向かい風だったのである。

アメリカ陸軍航空部隊を指揮していたのは、重爆撃機ボーイングB17『フライング・フォートレス』に座乗するティム・ウェイン中佐だった。

三人の娘に恵まれ、よくその娘たちの可愛らしさを部下に自慢することから「ビッグ・ダディ」という愛称《ニックネーム》を送られていた。

面倒見が良く温厚な性格から、部下たちに信頼というよりも親しみを寄せられるタイプの人物だった。

本来、この日の空襲作戦の指揮官は別の大佐だったが、昨夜その大佐が急病を発して病院に担ぎ込まれたために、ウェイン中佐にそのおはちが回ってきたのである。

前回の空襲時に副官を務めていたことが、着任の大きな理由だった。

上官にそれを命じられたとき、ウェインは少し逡巡した。嫌だったわけではない。攻撃当日が末娘のバースディであることが、なぜかウェインの脳裏をかすめたのだ。理由はわからない。ただ、それで答えが遅れたのであった。

そのことが今、ウェインの頭にある。

この日の攻撃時間は前回より短く、戦果もその分限られていた。ある意味では当然なのだ。初回は敵も油断しているが、二度目になれば当然、警戒は強まるし、守りも固められる。

それに加え、二度目である今回は攻撃機の数も二〇〇機を下回っており、参加した航空機の老朽率も高くなっていたのである。

攻撃を終えて珊瑚海を南下しているとき、

「三度目はあるのでしょうか、中佐」

操縦席の後ろの席に座るウェインに顔を捻《ひね》って聞いてきたのは、副操縦士のビット少尉だった。

「さあ、どうだろうな。私のような凡人には、マッカーサー長官のような方の考えは想像もできないよ」

ウェインは正直に言った。

ただし、多少の揶揄が滲《にじ》んでいたかもしれない。正直なところウェインは、今回の空襲作戦に両手を上げて賛成していたわけではないからだ。

ラバウル基地が要であることは、アメリカも日本も変わらない。それゆえ、マッカーサーがラバウルに固執するのもウェインは理解できていた。

しかし、この時期にこの作戦を行なうことにウェインは疑問を持っていたのだ。

それも、老朽化してほとんど戦闘力のない旧型機まで集め、いかにも大軍による攻撃であるように見せることも、ウェインは納得しがたかった。

その結果、失わなくてもいい戦友たちを、ウェインは何人か失っている。

だから、

（この作戦は二度で十分だ）

というのがウェインの本心だが、立場上それをそのまま言うわけにはいかない。

ビット少尉に言った言葉も、決して嘘ではなかった。

「中佐。お客さんですよ」

レーダー士がうんざりした声で、言った。

もちろん敵戦闘機の登場である。

「ゼロだね」

「間違いないでしょう」

応じたのは、レーダー士ではなく機長の操縦士だった。

「もう見えたのかね、中尉」

「いえ。そういうわけではありませんが、こんなところにまでしつこく追ってくるのはゼロに決まっていますからね」

機長が前方を見たまま答えたが、その顔に不敵な笑みが浮かんでいることをウェインは知った。

さほどの恐怖はない。高度が高いと零戦の性能は著しく低下するし、『フライング・フォートレス』は、零戦の二〇ミリ機関砲でもそうやすやすとは撃墜されないからだ。

むろん複数機の攻撃で撃墜された『フライング・フォートレス』もないわけでは

ないから、油断できないことも事実だ。

「三機ですね」

レーダー士が再び言った。

「ならばなんとかなるでしょう」

ビット少尉の声にも余裕があった。

だが、ウェインは少し違った。また末娘のことが脳裏をかすめ、彼女の顔が泣いているように感じたのだ。

「来ますよ！」

レーダー士が今度は叫んだ。

ガガガガガガッ！

『フライング・フォートレス』の機体底部にある一二・七ミリ機銃が吼《ほ》えた。続いて、操縦席上部の機銃も怒鳴り出す。

操縦席前方を、一機の零戦が滑るように横切った。

「くそったれが！」

ビット少尉が悪態《あくたい》をついた瞬間、機長が機体を右に捻った。

急なことだったので、加速による重圧、いわゆるGがウェインの体を席に押しつけた。

ズドドドドドドッ！

すさまじい機銃音と同時に、操縦席の窓ガラスが砕ける音がした。

「畜生め！　あの野郎、操縦席を狙ってきやがった！」

そこでビット少尉の声が途切れた。

「どうした、少尉？」

窓ガラスの割れ目から吹き込む強風に顔を歪《ゆが》ませながら、ウェインが絞るように聞いた。

「機長が、機長がやられてます！」

ビット少尉が泣き声のような声を上げた。

「ならば、あとは君だけだぞ！」

機長を失った哀しみは、もちろんウェインにもある。しかし、『フライング・フォートレス』の搭乗員は一〇人。自分を含めてまだ九人の男たちが残っているのだ。哀しみで冷静さを失うわけにはいかなかった。

ガガガガガッ！

後尾の機銃が発射されている。

それが止まった。

嫌な予感がウェインを襲う。

「中佐。尾翼に被害を受けたかもしれません、機のバランスがおかしい！」

ビット少尉が悲鳴を上げた。

「落ち着け。落ち着くんだ、少尉！　君の腕には九人の命がかかっているんだぞ！」

ウェインが励ますように、叫ぶ。

ズドドドドドッ！

再び操縦席に重い機関砲の発射音が響いた。

バリバリバリッ！

窓ガラスの割れる音がした。飛び込んでくる風の量はもはや半端ではない。

そのとき、『フライング・フォートレス』の機体が急に左に傾いた。

「ビット！　ビット少尉！」

ウェインが必死に叫んでも、ビットから帰ってくる声はなかった。

「泣くんじゃないよ、メアリー。ダディは死んでも君を守ってあげるからね」

そのときはっきりと、ウェインの脳裏には悲しみで泣く末娘の顔が広がっていた。

のちに〈第二次珊瑚海海戦〉と呼ばれることになる第一航空艦隊とアメリカ太平洋艦隊第17任務部隊の海戦は、中途半端な戦いと称されることになる。

もちろん戦いを行なった者たちが決して手を抜いたわけでもなく、中途半端な攻撃をしたわけでもない。

ただ結果が、互いが互いを追いつめることができず、双方に撃沈した艦艇もなかったからである。

また、両軍が繰り出した攻撃部隊が合わせて二〇〇機を超えていたことも、中途半端と言われる要因になっていたかもしれない。それだけの大量の部隊を使っての戦いであったのに、何故《なにゆえ》、双方ともに被害が軽度だったのだと、まるで言いがかりのような疑問を投げかける者もいた。

ともあれ、マッカーサー大将が仕掛けたラバウルを巡る攻防戦に勝利者がいるとしたら、それはマッカーサー自身だけだったかもしれない。

マッカーサーはこの攻防戦の立役者として、アメリカ本国で絶賛されたからである。

ただし、その理由はマッカーサー得意のパフォーマンスによるところが大きく、戦いの暗部や裏面を知る者は、この戦いの真実は、マッカーサーの語る華麗な作戦なんかではなく、虚飾と偽《いつわ》りに満ちた三文《さんもん》芝居であると言うはずであった。

フレッチャー少将の報告を受けたニミッツ長官は、大きなため息をついた。起きたことを分析すれば実に噴飯《ふんぱん》ものだが、結果から見ればうなずかねばならなかったのだ。

マッカーサーは盛んに自分と陸軍航空部隊を宣伝しまくり、海軍はまったくの脇役に落とされてはいたが、ルーズベルトの恐れた国民の厭戦《えんせん》気分には一時の歯止めが掛かったからである。

それはキング作戦部長も同じだったようで、ニミッツに対して熱のこもった言葉を贈ってきた。

ただ一つ、ニミッツが払いきれない憂鬱《ゆううつ》は、このあともしばらくは、鼻持ちならないマッカーサーと共同歩調を取らねばならないことだった。

ラバウル攻防戦は、山本にも大きな教訓を残した。

それはやがて、山本の新しい作戦に生かされてゆくことになる。

第五章　秘　策

『1』

異常気象というのだろうか、帝都東京は九月に入って一気に冬に突入したような寒い日が続いていた。例年ならまだ残暑見舞いが届こうという時季だけに、東京市民はこの季候を話題にする回数が増えていた。

信心深い者や臆病な者たちの中には、何か悪いことが起こる前兆ではないかと言う者もあったが、本気でそう思う市民はほとんどおらず、結局、井戸端会議の最後を飾るのは今の大戦のことだった。

『大和』超武装艦隊司令長官竜胆啓太中将が、参謀長の仙石隆太郎大佐を始め、数人の幕僚を伴って横須賀にある海軍超技術開発局（超技局）を訪れたのは、それこそ雪でも降り出すのではないかという寒い日だった。

異例だったのは、幕僚たちに混じって艦戦部隊指揮官市江田一樹中尉がいたことである。

超技局ではすでに連合艦隊司令長官山本五十六大将が待っていた。

「ご苦労さん。無理を言ってすまなかったな。しかし、来てもらうだけの価値はあることだぜ」

山本はそう言って、超技局の裏に案内した。

そこにはレールが敷かれ、そのレールの上にはトロッコ列車のようなものが鎮座していた。

「来ましたね」

笑顔で声をかけてきたのは、超弩級《どきゅう》空母『大和』や『大和』超武装艦隊の船舶関連の生みの親である超技局艦船開発部長の源由起夫海軍技術少将だった。

「ご無沙汰していますね、源少将」

竜胆も笑顔を作ると、源の手を握った。

「お互い様ですし、こういう時局です。それも当然ですよ」

源が言って何度もうなずいたあと、トロッコ列車のような乗り物に乗っている男たちを見た。

竜胆も何人かとは面識があった。航空開発部長の笹木光晴海軍技術少将、兵器課長の美濃部剛《みのべつよし》海軍技術中佐などだ。

が、知らない者もいて、

「こっちが機体課長西村達夫海軍技術大佐、そしてこっちが発動機課長市川太郎海軍技術中佐です」

と、源が紹介した。

二人の超技局技官は、はにかんだように軽く頭を下げたが、口は開かない。

「よろしく」

竜胆も軽く頭を下げた。

「今回の立役者の二人と言っていいんだよね、笹木少将」

「まあ、事実はそうなんだが、どうも端緒をつけたのが私だってことを皆が忘れているらしく、ちょっと不満ではあるがね」

場の雰囲気を和らげるように、笹木が軽口を叩いた。仙石が、腹で苦笑している。

西村と市川に、超技局の技官の典型を見たような気がしたからである。

とびきり明晰な頭脳と予想だにつかない独創性を持つ彼らは、しかし、ある面ではまるで駄々っ子のようにわがままで、乙女のように恥ずかしがり屋で、人付き合いが実に下手くそな者が揃っているのだ。

（もっとも、似たような奴がうちにもいるがな）

仙石は、先ほどから落ち着きなく周囲を見回している市江田中尉に視線を移した。ちょうど目が合って、市江田はばつが悪そうに頭をかいた。

「じゃあ、行きますか」

笹木が、竜胆たちをトロッコ列車に乗るように促《うなが》した。

竜胆たちが乗り終わると、トロッコ列車は静かに発車する。

「うちの連中は、どうも無精でね。本来なら車や徒歩でぐるりと回らなければ行けない場所に、局内からレールを敷いて時間を短縮しようと考えたんですよ。まあ、でき上がってみると便利なんで、考えた奴らにはいまでは感謝していますがね」

笹木が楽しそうに言った。

超技局の技官の多くは、先ほど仙石が思ったようなタイプである。その中にあって、笹木という人物は社交性に恵まれているようだった。

笹木の言う通り、トロッコ列車は超技局以外の施設にもレールを這わせ、分岐点ではその都度、運転している技官が切り替えを行なっている。

トロッコ列車が着いたのは、海軍航空技術廠（通称、空技廠）が使用している滑走路であった。確かに、超技局からここに来るのに、外のコースを使うより早く着くなと、竜胆は納得した。

滑走路には、これまで以上に意外な人物たちがいた。金髪や赤毛を持つ外国人である。

「竜胆中将はご存じないかな。ドイツから我が国に技術指導を行なうためにいらした方々のことを」

「いいえ、お目にかかるのは初めてですが、そのあたりの経緯は知っていますし、ドイツ東洋艦隊の指揮官であるゲオルグ・コルビッツ少将とは先日、セレター軍港でお目にかかっています」

「ああ、そうでしたか」

笹木が少し驚いたように言って、通訳らしい黒縁眼鏡をかけた若い男に竜胆の言葉を伝えた。

が、あいにく彼らドイツ技官が青島に着いた当時はまだコルビッツ少将は着任しておらず、技官たちはコルビッツを知らないということであった。

「それではお目にかけましょう」

笹木が合図すると、近くの格納庫から、これまで見たことのない異形の航空機が姿を現わした。

機体は流線型で、一式陸攻を小型にし、もっとスマートに整えたような形だ。翼も変わっている。これまでの戦闘機と違って先端が後方に向かって伸びているのだ。

しかし一番不思議なのは、プロペラがどこにも見あたらないことだった。

「も、もしやジェット機では」

すぐに言ったのは、航空参謀牧原俊英中佐である。

「その通りですよ、航空参謀。これは我が超技局が開発製造したジェット戦闘機です」

「近くで見てもよろしいですか」

牧原が子供のように目を輝かせて、聞いた。

「もちろんです。今日はこれをあなたたちに見ていただくために、ご足労願ったのですから」

笹木が顔を振ると、西村と市川がジェット戦闘機のほうに歩き出した。

「市江田少尉。当然、お前も見たいだろ」

「当たり前ですよ」

牧原と市江田が、西村と市川を追った。

「ジェット戦闘機ですか……」

その方面に疎《うと》い仙石参謀長が、困ったように竜胆を見た。

「私も概要ぐらいは知っているが、たぶん程度は参謀長と同じぐらいだと思うよ」

竜胆が答えた。

「なあに、難しいことはありませんよ。ジェット戦闘機というのは、プロペラの代わりにジェット・エンジンで推進する。それだけわかっていただければ問題はないと思います。ジェット・エンジンが何者だとか、機体の構造は何かなどということは、艦隊司令長官や参謀長がわざわざ勉強する必要はないでしょう。まあ、餅は餅屋、それでいいのではないですか」

「まあ、そうでしょうね」

笹木の言葉に、仙石が複雑な顔で応じた。

説明されてもすぐに理解できるとは思わないが、少し残念な気持ちになったのも事実だった。

「ただし、プロペラ機に比べてジェット戦闘機がどれだけ優れているか、それは知っていただきたいですな。たとえば速度です。この試作機、私たちは仮の名として『天風』と読んでいますが、『天風』の最高速力は八〇二キロなんです」

「八〇二キロですと！」

仙石が驚愕《きょうがく》の声を上げた。

「いや、参謀長。これはあくまで現時点での話であって、『天風』はやがて音の速度を超えるでしょう」

「な、なんと、音の速さを超える航空機ですか。う〜ん。なんだかピンと来ませんな、長官」

「言えてるな」

竜胆が感心したように、首を上下させた。

「ただし、そのためには、搭乗員に対するなんらかの工夫が必要になるでしょうがね。音の速さで飛ぶ航空機に柔《やわ》な人間が乗るということは、それはそれで相当にきついことですから」

「ええ、それはわかりますよ。いや、そうでしょうとも。音速の乗り物に乗るなんて、普通の人間なら想像もしなかったでしょうからね」

仙石が感動の体《てい》で腕を組もうとしたときであった。キュゥ――――ンと、空気を切り裂く鋭い音が仙石らの背後で響き渡った。

「こ、これは？」

仙石たちがあわてて振り返る。

「ご心配なく。『天風』のエンジンがかかったんですよ」

笹木が『天風』の機体後尾を指さした。

後尾から発せられているのが、音だけではないことに仙石は気づいた。景色がカゲロウのようにゆらゆらと揺れていることで、そこからおそらく熱風のようなものが噴き出しているのだろうと、仙石は想像する。

「ジェット・エンジンから噴き出されたすさまじい速度と量のガスが、『天風』の推進力です。そう、ゴム風船を膨らましてそれを投げると、風船から噴き出す空気によってゴム風船が宙を飛ぶのを参謀長もご存じでしょう」

「ええ、子供たちがそんなふうにして遊んでいるのを見たことがあります」

「ジェット・エンジンは、簡単に言えばその空気を絶え間なく噴き出すことを可能にさせたエンジンだと思っていただければいいかもしれません。もちろん、ジェット・エンジンが噴き出すのはゴム風船の空気とは違いますがね」

わずかにだが、仙石にもジェット機の仕組みが理解できたような気がした。

飛行場の隅にある宿舎から飛行服に身を固めた男が出てきて、『天風』に歩み寄って来た。

「操縦員が到着したようです」

「飛ぶところが見られるのですね」

仙石が言った。

「もちろんです。ただ、現在『天風』を操縦することができるのはわずかに二人しかなく、あの操縦員がそのうちの一人です。今は民間の航空機メーカーに勤めていますが、昨年までは海軍で教官を務めていた人物です」

操縦員が乗り込むのを、誰もが固唾をのんで見つめている。西村が、下がりましょうと牧原と市江田の肩を叩いた。

『天風』のそばに残ったのは、市川と彼の助手らしい数人の男たちだけだった。が、すぐに市川と助手たちも『天風』を離れて元の場所に戻ると、『天風』を見つめていた。

ギュゥゥ――――――――ン！

それまでは空気を切り裂くような高い音だった排気音に、重く響くような音が絡まり、それはやがて力強いものに変わった。

操縦員が軽く手を上げてから、風防を閉じた。

グゥワァァァ————————ン！

轟《とどろ》くような音を上げながら、『天風』が緩《ゆる》やかに滑走路を走り出す。

速度が徐々に上がり、『天風』は滑走路が切れる寸前で、グバワァァ————ンという爆発音にも似た排気音を上げて宙に躍り上がった。

「すごい！」

驚嘆の声を上げたのは、市江田少尉である。

それも当然だろう。宙に躍り上がるやいなや、『天風』は信じられないほどの加速で天空をまさに駆け上っていったのである。

「こいつは大したものだ。笹木少将。とんでもないものをお造りになったようですね」

興奮を隠しきれない仙石はそう言って、口をあんぐりと開けたまま急降下に入った『天風』に目を奪われていた。

「あれを我が艦隊で使ってみろとおっしゃるのですね、閣下」

ここまでほとんど口を利かず終始笑顔だった山本に、竜胆が言った。

「そういうことだ。理由は先日お前に話したことなんだが、西村と市川が言うには、

『天風』は『大和』以外では運用できないらしいんだ。おい。どっちでもいい。説明してくれ」

山本が西村と市川に下駄を預けた。

「ご覧になっておわかりいただけたと思いますが、『天風』はこれまでの戦闘機に比べると重量が二倍ほどあります。それに見合う推力は持っていますが、離陸にはどうしても長い距離が必要です。おそらく『翔鶴《しょうかく》』や『瑞鶴《ずいかく》』クラスの飛行甲板でどうにか可能なくらいで、それ以下の空母ではまったく離陸はできません。

しかし『大和』に搭載されているカタパルトを使えば、離陸に必要な距離は半分程度で済むはずなのです。その意味で、『天風』を安全に運用できるのは、現在『大和』以外にはないということです」

市川が一気に言って、竜胆を見た。

「いいじゃないですか、長官。『天風』を我が『大和』で引き受けましょう。当然、『天風』の操縦員は私ですよね。ですから今日はお供に加えられたんですよね」

市江田がおもちゃをねだる子供のように、甘い声を出した。

「むろんそのつもりだが、一つ、そして決定的な問題がある」

「なんでしょうか」

「『天風』はまだ制式採用になっていないのだ」

「なぜです！　これほどの画期的な航空機が、なんで制式採用にならないのですか」

「当然ですよ、市江田少尉。実は『天風』はまだ海軍のしかるべき場所に報告さえされていない、我が超技局でも丸秘扱いの航空機だからです」

「どうしてです？」

「高いからだよ、市江田。『天風』一機で零戦が二機から三機造れるんだ。零戦が老朽機ならまだしも、今でも十分強い戦闘機だ。そんなところに、いくら零戦より優れていると言っても、値段の張る『天風』を海軍の上層部が採用するはずはない。少なくとも現在のところはな」

竜胆が先日、山本から聞かされたことを話した。

「馬鹿が揃っているんですよ。零戦は、確かに今は強い。しかし、それが永遠に強いなんて思ったら大間違いだ。技術屋というのは、いつもそれを頭に置いておかなければならないのに、あの連中と来たらそんなことには頭が回らないんだからな」

美濃部中佐が持論の義憤を吐き出す。

「そういうことだ。だから、『天風』をうちに持ち込むとしたら、それは合法じゃあないということになる。ばれれば、俺たちはもとより山本閣下の首さえ危なくなるかもしれん。それでもお前、やってみたいか」

「当然ですよ、長官。首の一つぐらい賭けてもいいくらいの魅力を『天風』は持っています。それに、『天風』のすごさを実戦で証明すれば、いかに馬鹿な上の連中だって認めざるを得ないんじゃないですか」

市江田が必死の形相《ぎょうそう》で言った。

「と、山本閣下たちもお考えになったんだよ」

「じゃあ『天風』はうちで」

「引き取るさ。そして、お前に乗ってもらう。だがな、ジェット戦闘機の操縦ってのは、これまでのプロペラ機とはずいぶんと勝手が違うようなんだ。山本閣下は、今飛んでいるあの操縦員をうちに呼んで、お前たちの教育を頼もうと思っていらっしゃったんだが、あの男も、もう一人の男も海軍に戻る気はないらしい。そこでお前にしばらく『大和』を降りてもらって、ここでジェット機の操縦技術を学んでもらうと思ってるんだが……どうだ？　むろん、お前一人のつもりはない。『天風』はあと二機あるから、都合三人にそれを任せたいんだ。その選出も、できればお前に頼みたいんだがな」

「断われるはずがありませんよ、長官。『大和』を留守にするのはいささか心配ですが、なあに、うちの連中は近頃腕を上げています。三人ぐらい抜けてもなんとかなるはずです」

「ということですよ、山本閣下」

「おう。まとまって結構なことだ。こんな宝をしまい込んでおくなんて、絶対にできねえからな。笹木。これでいいな」

「ありがとうございます、閣下。まったく、閣下がいなかったら帝国海軍は地獄行きですよ」

「ふん。いくらおだてたって、これ以上はなんにも出ねえぞ。あははは」

山本が豪快に笑った。

それが合図だったかのように、『天風』が急降下してきて見事に旋回するや、また天空に戻っていった。すさまじい排気音を残して――。


『2』

日本海軍が、ソロモン諸島内のガダルカナル島に新たな航空基地建設をするために進出を開始したのは、九月の中旬だった。

これには、ラバウル基地の安全度を高める狙いがあった。
陸軍の支援を受けた海軍は、本来の守護艦隊である第八艦隊と南雲忠一中将の第一航空艦隊を主力とする〈ガダルカナル島攻略作戦（DB作戦）〉を発動した。

DB作戦編制

DB機動部隊（指揮官＝南雲忠一中将）
　第一航空艦隊
　　第一航空戦隊　空母『赤城』『加賀』
　　第二航空戦隊　空母『蒼龍《そうりゆう》』『飛龍《ひりゆう》』
　　第一水雷戦隊　軽巡『阿武隈《あぶくま》』
　　　第六駆逐隊
　　　第二一駆逐隊
DB攻略部隊（指揮官＝三川軍一中将）
　第八艦隊
　　第八航空戦隊　空母『鳳翔』『龍驤』

第六戦隊　重巡『青葉』『衣笠《きぬがさ》』『加古《かこ》』『古鷹《ふるたか》』
第一六戦隊　軽巡『天龍《てんりゅう》』
　第三六駆逐隊
　第三駆逐隊
第五水雷戦隊　軽巡『北上《きたかみ》』
　第一三駆逐隊
　第三八駆逐隊
飛行艇母艦『神川丸《かみかわまる》』『聖川丸《きよかわ》』

ラバウル基地への搭載機移譲で戦力を減少させた第一航空艦隊は、アメリカ太平洋艦隊第17任務部隊との交戦の後、戦力補充のためにいったんトラック泊地に戻った。

第一水雷戦隊と陸軍部隊を加えて再び出撃したのは、九月一六日のことである。

第一航空艦隊兼第一航空戦隊の指揮官である南雲忠一中将は、世間の評判などにはあまりとらわれない性格だったが、第17任務部隊との交戦が中途半端だったという評判には、人前では何気ないふうを装っていたものの内心で気にしていた。

従って、再び第17任務務部隊と交戦の可能性の高い今回の作戦に、南雲は期するものがあった。

一方、DB攻略部隊の主力の任についた第八艦隊は、修理作業を進める基地を掩《えん》護《ご》するために、作戦開始当日までラバウル湾とその周辺を走り回っていた。

第八艦隊司令長官三川軍一中将にとっても、別の意味で、今度の作戦を行なうにあたり深く心に刻みつけるものがある。

それは、しかたがないとは言え、逃げるがごとき策をとったという恥辱への復讐である。

あのとき別の策はなかったのか……過去のことであり、今さらどうなるものでもなく、誰も三川を責めるようなことはなかったのだが、三川自身が自分を許せなかったのだ。

九月一八日未明、ラバウル湾を後にしたDB攻略部隊は、一気に南下し、正午にはガダルカナル島北西八〇カイリに接近していた。

ガダルカナル島が属するソロモン諸島は、かの旧約聖書に登場するソロモン王を由来とする地名で、一六世紀にこの地を訪れたスペイン人が、ここをソロモン王に関わる黄金伝説の地と勘違いして名づけたと言われている。

そして山本は今、この地に黄金の価値をも凌駕《りょうが》するものを造ろうと考えていたのであった。


日本海軍がソロモン諸島のどこかに前線基地を造るかもしれない、という推測を最初に言い出したのは、アーネスト・J・キング合衆国艦隊司令長官兼海軍作戦部長だったが、アメリカ太平洋艦隊司令長官チェスター・W・ニミッツ大将もその可能性については同様に感じていた。

（もしそうだとするなら、フレッチャーだけでは荷が重いかもしれない）

ニミッツはそう思った。

（やはりハルゼーを送っておくべきだったのかもしれん）

ニミッツはそんな後悔をして、ウィリアム・F・ハルゼー中将麾下《きか》の第16任務部隊とフランク・B・フレッチャー少将麾下の第17任務部隊を交替させようかと、考えたりもした。

しかし、それが実際には現実的な策ではないこともニミッツは十分に承知していた。

ハルゼー中将はともかく、交替を命ぜられたフレッチャー少将のプライドを逆撫でする策であるし、ニミッツにすれば、陸軍の寄生虫がごとき存在であるダグラス・マッカーサー南西太平洋方面司令官との関係を壊すことになるとも考えられたからである。

むろん、ハルゼーとも話した日本海軍の謎の艦隊に対する警戒心も消えていない。

ニミッツが迷っていたときにやってきたのが、新たな増援だった。

それは、インデペンデンス級軽空母の二番艦『プリンストン』と、大西洋で運用されて評価されたボーグ級護衛空母の『ボーグ』『カード』『コア』三隻である。

護衛空母とは、初めから前線に立って戦闘に参加するために建造された空母ではなく、商船などを急遽改造したあくまで前線に航空機を運ぶことを主眼とした小型空母である。速力も遅く武装も貧弱だったが、補助戦力としての運用には適していると認められていた。

（そうだ、これを使おう）と、ニミッツは考えた。

ニミッツは、すでにパールハーバーに配備されていた『インデペンデンス』と『プリンストン』という二隻の軽空母に、『ボーグ』『カード』『コア』の三隻の護衛空母を加えた第18任務部隊を創設し、これをソロモンに送ろうと決めたのだ。

指揮官には、ハルゼーが推薦したレイモンド・A・スプルーアンス少将を抜擢した。

スプルーアンス少将は、巡洋艦戦隊指揮官で、冷静沈着な性格の理論家肌という、推薦者のハルゼーとは対極をなすような人物であったから、「中将、なぜ彼を？」と、当然のようにニミッツは聞いた。

「奴は、私が持っていれば良かったと思うものをすべて持っているからです。幸い私には、ブローニング参謀長という代え難い右腕がいますが、スプルーアンスは一人で私とブローニング参謀長の力を出せる男ですよ」と、ハルゼーは答えた。

ニミッツはハルゼーの答えのすべてに納得したわけではないが、補助任務という性格を持つ第18任務部隊ならいいだろうと、就任を命じたのである。

そして皮肉にも、その補助任務部隊というべき第18任務部隊こそが、第八艦隊を発見することになった。

「敵艦隊発見せり」の報に、スプルーアンス少将はまったく動じるところを見せなかった。

このとき、フレッチャー少将の第17任務部隊は、第18任務部隊の西方一六〇マイルにあった。

一方の日本艦隊は東方二〇〇マイルで、第18任務部隊はちょうどのその真ん中に位置していたのである。

第18任務部隊にとって敵艦隊は攻撃可能な距離だが、第17任務部隊にとってはあと一〇〇マイルはほしい距離だ。

スプルーアンスが選べる選択肢はそう多くはなかった。

戦力的に弱い第18任務部隊では、日本艦隊との戦闘は苦しい。全速で西方に向かって第17任務部隊と合流するのが最も良策だろうと、第18任務部隊の幕僚たちは思っていた。

しかし、スプルーアンスの出した結論は一八〇度違っていた。

「初めから戦闘艦として位置づけのない護衛空母は、速力が遅いため西方に全速力したところでたかがしれており、移動中に襲撃されればなすすべがないだろう。ならばここで日本艦隊と戦い、逆に第17任務部隊の到着を待つほうが正解だと思う。

確かに今私が述べたように、護衛空母は戦闘艦としては貧弱だし、空母群を護衛する艦艇も我が第18任務部隊には少ない。

だが諸君、考えてほしい。私たちは単なる航空機の運搬人でいいのか。貧弱とはいえ私たちには武器もあるし、軍人としての誇りもあるのではないのかね」

スプルーアンスの言葉は、プライドを重んじるアメリカ人の心に火をつけた。

「提督のおっしゃる通りだ。俺たちは腰抜けじゃねえぞ。そうじゃないか」

スプルーアンス同様ハルゼーの推薦で第18任務部隊の参謀長に就任したトレバー・キーン大佐が、幕僚たちを鼓舞した。

「やりましょう、提督」

「腰抜けじゃないことを証明してやりましょう」

幕僚たちが口々に言い、艦橋は一気にヒート・アップする。

スプルーアンスの選択は、確かに一見無謀に見えた。だが実際は違う。スプルーアンスの冷徹な計算がしっかりとあったのだ。

スプルーアンスは、部隊の移動速度が遅いと言ったが、第17任務部隊も東方から全速力で来るのだから、二つの任務部隊が合流するのにさほどの時間は必要なく、第18任務部隊は意外と簡単に第17任務部隊の庇護下に納まれるかもしれない。

しかし、それでは第18任務部隊が補助部隊であることを、自ら認めることになる。スプルーアンス少将は、それを否定したかったのだ。第18任務部隊もちゃんと戦えるのだという意識を、全兵士に叩き込みたかったのである。

そしてそれは不可能ではないと、スプルーアンスの明晰な頭脳は確信していた。

輸送船団を抱える日本艦隊の目的は、間違いなくソロモン諸島への上陸作戦だろう。そうなれば第18任務部隊に差し向ける戦力も限られてくるはずだ。ならば、第17任務部隊が駆けつけてくるまではなんとか堪えられるだろう。

「いたか」

三川中将の眉間にしわが刻まれた。

「どうされますか。軽空母二隻、小型空母三隻、軽巡二隻、駆逐艦四隻と少し変わった編制ですが、戦力的には貧弱です。一気に叩き潰しますか」

参謀長の大西新蔵少将が、意気込む。

「まあ待て。確かに変わった編制だ。空母が五隻もあるのに、護衛部隊が貧弱すぎるからな。何か特殊な事情があるのかもしれないぞ……」

「しかし、長官。ほうっておけば、それはそれでこの後、厄介ですよ」

「それはわかっている。ほうっておくつもりは私だってない。ないが……」

いつになく歯切れの悪い三川に、大西は少し苛立《いらだ》った。

しかし、それもしかたないだろう。三川にすれば、任務のトップ事項はガダルカナル島上陸と奪取であり、敵艦隊との交戦は避けたいのが本音だからだ。むろん、戦うのが嫌なのではない。上陸の任務さえ果たせば、艦隊が全滅したとしてもやむを得ないとさえ三川は思っていたのである。

「よし。攻撃部隊を編制しろ」

数秒で考えをまとめると、三川は命令を下した。

第18任務部隊の偵察機の情報を傍受したフレッチャー少将は、部隊を全速で東方に向けた。

フレッチャーも、まさかこのときスプルーアンスが交戦態勢に入ったなどとは夢にも思わず、第18任務部隊も自分の艦隊に向けて全速で走っているものと考えていた。

「参謀長。あとどのくらいだ。敵艦隊を叩ける位置に到達するのは」

フレッチャーが聞く。

「敵の動きにもよるでしょうが、少なくとも四時間はかかるでしょう」

マイヤーズ参謀長がのんびりとした声で答えた。

「攻撃部隊はいつでも出撃できるんだな」

「それについても先ほど完了していると申し上げたはずですよ、提督」

「ああ、わかっている。確かめたかっただけだ」

「大丈夫ですよ、提督。敵艦隊は上陸部隊を抱えた攻略部隊でしょう。足は遅いですから、逃げられやしません。それよりも、日本軍の通例からして、この艦隊以外に機動部隊もいるはずです。私はそのほうが気になりますよ」

「近くにいるだろうか」

「戦略的に見れば、そう離れているとは思えませんがね……」

「だろうな」

フレッチャーは椅子に深く座ると、天井を睨みつけた。


「ちっ。読みが甘かったようだな」

DB機動部隊指揮官南雲忠一中将は、悔しそうに舌打ちした。

DB機動部隊は、ソロモン諸島の島々の一つであるサンタ・イサベル島の南、ガダルカナル島の北にいた。もしアメリカ艦隊が来るなら、珊瑚海ではなく日本軍の手薄なソロモン諸島の太平洋側から現われるだろうと南雲は読んだのだが、それが大外れだったのである。

もちろん、同じ理由でアメリカ軍の読みも間違っていたことには、なる。

「とにかく攻略部隊の支援が第一目標だ。距離が少しあっても、無理にでも攻撃部隊を出撃させるから準備をしておくように」

南雲が命じた。

ＤＢ機動部隊とＤＢ攻略部隊との距離はおよそ一九〇カイリ、攻略部隊が発見したアメリカ艦隊まではおよそ四〇〇カイリ弱の距離があった。

今でも航続距離の長い日本海軍航空部隊が敵艦隊上空に到達することは可能だが、帰ってくるのは難しい。せめてあと七、八〇カイリを縮めれば、いざというときは攻略部隊の空母に緊急着陸するという手もあると、南雲は考えたのである。

交戦まであと数時間、ガダルカナル島周辺は緊張に包まれていた。

『3』

深度一二〇メートルを『黒鮫』がゆっくりと進んでいるが、ほぼ闇の中であり、視覚でそれをとらえることはできない。

『黒鮫』こと『伊九〇一号』潜水艦が出撃してから一〇日が経っていた。昼は海中を進み、夜になると距離を稼ぐために水上を走った。

『大和』超武装艦隊との連絡はそのときに行なうが、返事はない。『伊九〇一号』のほうは無線を飛ばしてもすぐに海底に身を忍ばすことができるが、水上艦は自分の位置を知られないために無線封鎖をしているのだ。

「艦長。東方七キロに敵潜水艦です」

水測員が言った。

「やりますか、艦長」

水雷長が不敵な笑みを浮かべ、『伊九〇一号』潜水艦長橋元金伍大佐を見た。

「潜水艦相手なら『豪鬼』を使うまでもあるまい。通常魚雷を装塡《そうてん》しておけ。二基でいいだろう。無駄使いはしたくないからな」

「わかりました」

水雷長が応じた。

「後は待つだけだな」

にやりと笑うと、橋元艦長は煙草を吸うために喫煙室に向かった。

「艦長。三時の方向から魚雷です！　距離一二〇〇！」

ソナー士が泣くように叫んだ

「なんだと！」

アメリカ海軍のタンバー級潜水艦『グランパス』は、水上排水量一四七五トン、水中排水量二三七〇トン、速力は水上二〇ノット、水中八・七ノットで、昨年竣工したばかりの新鋭艦であった。

「取り舵だ！」

『グランパス』艦長が絶叫するように、叫んだ。

「しかし、畜生、なんでだ。敵艦の気配などまるでなかったのに……」

ソナー士が呪詛《じゆそ》のように言った。

「あっ、艦長。二基めの魚雷が！」

「ま、まさかこっちが回避した方向に！」

「そうです。来ます、来ます！」

「浮上だ。めいっぱいタンク開けろ！」

無理だろうと、艦長は知っていた。浮上する速度と魚雷が接近してくる速度。逃げられるはずはなかった。しかし、そう命じる以外にこのときの艦長にはすることがなかった。

ズズゥ――――――ン！

艦首右に魚雷の直撃を受けた『グランパス』の艦首が、ぱっくりと口を開けた。

ドドド――――ン！

艦首にあった魚雷が誘爆を起こし、『グランパス』の艦首が吹き飛んだ。

艦首のあったほうを上に向け、『グランパス』は直立の状態でゆっくりと回転しながら沈んでゆく。

次の刹那《せつな》。

バグワァァ――――ン！

『グランパス』の艦体中央が炸裂し、元の形がわからないほどに四散して海底に消えていった。

「撃沈です」

水測員の言葉に、水雷長が唇を緩めて笑った。発令所にはさほど大きな喜びの声はない。『黒鮫』にとって、潜水艦は小さい相手に過ぎないのだ。

空母を一撃すること。これこそが、『黒鮫』乗組員の誰もが目標とするものであった。

第16任務部隊が母港パールハーバー基地を出航したのは、二日前である。

太平洋の波は穏やかで、旗艦空母『エンタープライズ』の艦橋は静かだった。

「参謀長。俺はニミッツ長官に騙されたのかもしれねえな」

指揮官のウィリアム・F・ハルゼー中将がうんざりとした顔で言った。

「神出鬼没の謎の日本艦隊が来る」

ニミッツにそう言われてハワイ諸島周辺を連日捜索を続ける第16任務部隊だが、すでに数週間も経つのにその影すら摑めずにいた。

こんな状態は、猛将「ブル」ハルゼーにとっては退屈という名の地獄である。

「油断はいけませんよ、提督。あの謎の艦隊は、まるでそういった油断をかぎつけるように現われるんですからね」

マイルス・ブローニング参謀長が脅《おど》すように言ったが、そんな脅しがハルゼーに通じないことを一番よく知っている。

「あ〜あ。こんなことなら、スプルーアンスなど推薦せずに、俺が行くと強引にプッシュすべきだったのかもしれんぜ」

吸っていた葉巻をごしごしと乱暴に灰皿に押しつけると、ハルゼーは大あくびをした。

「提督。パールハーバー基地から連絡です」

「かいつまんで頼む」

「はい。定期連絡が取れない潜水艦があるそうです。潜水艦ですからありがちなことなんですが、その艦長が真面目なタイプだからこれまでにないことだったので、一応連絡が入りました。何かことが起こる前兆の可能性があるかどうか、検討の要ありや？　とのことです」

「ふ〜ん。どうだ？　マイルス」

「まあ、ニミッツ長官自身も言っておられる通り、確かに潜水艦というのは水上艦のようにはいきませんからねえ。定期連絡が遅れたり、飛んだりすることはよくあると思いますから、これだけでどうこうは言えないでしょう。ただ……」

「ただ？」

「ニミッツ長官がわざわざこれを連絡してきたことのほうが、私は気になります」

「ふん。俺が退屈しているのを予想して、意味ありげに連絡してきたんじゃないのか。気をそらそうとして」

「それはどうでしょうか。ニミッツ長官という人は、そんな手間をかけるような人物だとは思えませんけど……」

「どうだかな」

「何かを感じられたんじゃないでしょうか。私は占いの類《たぐい》はまったく信じる気になれない人間ですが、ときに人間は、不思議な予感や勘が働くというではありませんか。今のところ科学では計りきれない、何かがあるのだと思います」

「ニミッツ長官の勘が働いたって言いたいのか」

「確かめようがないので、はっきりとは申し上げられませんよ」

「なんだか雲を摑むような話だな」

そう言ったハルゼーだが、さきほどまでの調子とは明らかに変わっていた。

ニミッツに神懸かり的な力があるとは思えないが、目の前の人物は違う。ブローニングという人物は、ときに驚くべきほどに勘を発揮することがあるのだ。

それによってハルゼーは、窮地を凌《しの》いだ経験が何度もあった。

「お前も気になるのか？」

「……実は、そうなんです……」

「わかった。ニミッツ長官の勘なんぞは信じないが、マイルス、お前のは違う。お前が感じているんだとしたら、何かが起きようとしているのかもしれん」

「確証はありませんし、単なる思い過ごしであるほうが確率は高いですよ」

「徒労だとしても、気にしないさ。暇であくびをしているよりも、ずっといいに決まってるからな。で、何から手をつけるんだ」

「偵察機を増やしましょう。範囲も広げたほうがいいかもしれません」

「艦攻に肩代わりさせよう。正規の偵察機は全部使っているからな」

「はい」

「よし。始めるぞ」

精気の戻ったハルゼーを見て、ブローニングはそれだけでもニミッツの老婆心は意味があったと思った。


「驚きましたよ。あの連中、飲み込みが早いんで」

『大和』の飛行甲板で、市江田に代わってしばらくの間だけ艦戦部隊を指揮をすることになった綾部中也《あやべちゅうや》中尉の前に座ったのは、綾部の中隊の小隊長を務める伊丹《いたみ》一飛曹だった。

「はじめは無茶な話だと思ったんだが、こうなると俺たちもうかうかしておれんな」

綾部が吸っていた煙草を海に投げ捨てると、立ち上がった。

「まさか、追加訓練なんかしようというんじゃないですよね、中尉。まあ、どうしてもとおっしゃるならお付き合いはしますけど、もう少し時間をくださいよ」

「安心しろ。訓練はせんよ」

「じゃあ、昼寝ですか」

「いや、あの人たちに会ってくるんだよ。言葉は通じないが、格闘戦というやつはときには連携した技が必要だからな。そいつを話しておく」

「それは無理かも」

「そうは言い切れんだろう。実際俺たちだって、戦闘中はお喋りをしているわけじゃない。言葉じゃなくて、訓練で培《つちか》った阿吽《あうん》の呼吸で動くんだから。違うか」

「あ、そっちのことじゃありません。あの連中の通訳をしている長峰《ながみね》少佐とあの連中は艦橋のほうに上がっていきましたから、今、あの連中と阿吽の話なんざ、たぶん無理、それを言いたかったんですよ」

「なんだ。そういうことか」

しかたなさそうに綾部は再び座り、『大和』の艦橋に視線を当てた。

竜胆長官が椅子を勧めると、四人のドイツ人は礼を言って座った。

四人の背後に立っているのが、先ほど綾部と伊丹が話していた長峰達夫少佐だ。

駐独生活が長くドイツ語が堪能なため、今回、通訳を任された人物だった。

通信参謀の小原大佐もドイツ語は堪能だが、通訳の兼任をさせるわけにはいかない。

「それで、わざわざのお越しいただいた理由はなんだね、長峰少佐」

「それが実は、彼らが是非とも実戦に参加させてほしいというのです」

長峰の言葉に、竜胆が血相を変えて大きく首を左右に振った。

「あ、それは駄目だよ、長峰少佐。四人の方々が予想以上に艦戦操縦の技量を上げているのは聞いているが、もしものことがあった場合、ドイツと日本の国際問題になりかねないんだからな」

竜胆の言葉には断固とした響きがある。

「は、はい。そのことは私も話したんですが、彼らが言うには、その点は自分たちのほうでドイツ海軍に連絡するから心配はない、という一点張りで」

長峰も困っているらしく、眉をひそめた。

空母の再建造を始めたドイツ海軍だが、航空機の権限はすべて空軍が握っているため、海軍に航空機の操縦員はいなかった。

しかし、空母が竣工すればそうも言ってはいられない。まさか空母に空軍の操縦員を常駐させておくわけにはいかないからだ。

　そこで自前の操縦員を育てようとなったのである。

　航空機を飛ばすだけなら、それはドイツ空軍の手を借りればそれで済む。しかし空母の艦載機の操縦となると、ドイツ空軍にもそれができる人材はいなかった。まあ、空母が無いのだから当然のことなのだが。

　そこでドイツ海軍は、その要請を日本海軍、それも『大和』超武装艦隊に依頼してきたのだ。これは、ドイツ東洋艦隊指揮官ゲオルグ・コルビッツ少将の意向が強い。彼は今や『大和』超武装艦隊の虜《とりこ》だったのである。

　当初、竜胆は断わった。

『大和』超武装艦隊は通常の連合艦隊とは別の存在であり、その内情を詳細に知るのは一握りにしか過ぎないのだ。その中にドイツ人を加えることは軍事機密上にも問題があると、竜胆は判断したのだ。

　竜胆は、コルビッツ少将を歓待してしまったことを後悔さえしていた。

　ところが、「かまわねえだろう」と言ったのは連合艦隊司令長官山本五十六大将である。

　山本のヒトラー嫌いは有名だから、竜胆は自分の耳を疑ったほどだ。

「俺はヒトラーは嫌いだし、ヒトラーに追従する連中も嫌いだ。とはいえ、ドイツそのものを嫌っているわけじゃねえさ」

「しかし、閣下。彼らを教育するということは、ヒトラー自身に力を貸すということにはなりませんか」

「ああ、それは言えてる。しかしなあ、竜胆。俺はヒトラーは長くねえと思ってるんだ。その意味じゃ、ドイツに少し恩を売っておくのも悪くはねえと考えたんだよ。いいか、竜胆。ヒトラーじゃねえぞ。ドイツにだ」

竜胆は首を捻《ひね》った。山本の言っていることに一貫性はなく、理論的にも矛盾していると思った。

それでもドイツ人を受け容れる決心をしたのは、山本の熱情と卓越した先見性を信じようと思ったからである。

航空機が武器として認められない時代、すでに山本は航空機の未来を見抜いていた。

おそらくそのときも、山本の理屈や理論は矛盾だらけだったろう。砲こそが海軍の宝だった時代に、まだ複葉機の飛行機が未来を担うなどと、周囲を完全に説得はできなかったはずだ。

だから山本は、

「いいものはいいんだよ。俺にはわかるんだ」

そう言うしかなかったろう。

しかし今や、その航空機こそが時代の先端であり、理屈も理論も整っているため大艦巨砲主義者を論破できる。

そしてそれは、〈真珠湾奇襲作戦〉という途方もない作戦を考えつくことと共通しているような気がした。真珠湾を奇襲すると言った山本を評して、狂気の男と呼んだ人物さえいたのだから。

竜胆は、山本の先を見る目を信じたのである。


水かけ論かと、竜胆は思った。相手が日本人なら鶴の一声で済むが、ゲルマン民族は噂に違《たが》わず強情だ。

「それでは条件を出しましょう。うちの艦戦部隊の指揮官が、実戦に出しても問題なしという許可を出したなら、一度だけ許可しましょう。長峰。そう言ってくれ」

根《こん》疲れした竜胆は、そう言うしかなかった。そうでも言わなければ、鉄のように硬いドイツ人たちは艦橋から出て行きそうになかったのである。

一応、納得したドイツ人が去った後、仙石参謀長が竜胆の前に渋茶を置いた。

「ご苦労さまでした」

「俺の判断は、どうだったかなあ。あまり自信はないな」

「よろしかったのではないでしょうか。山本閣下の言葉ではありませんが、ドイツに恩を売っておくんですから」

「ならいいが、綾部が許可して、戦場に出て、戦死でもされたときはどうなるか。今から少し頭が痛いよ、俺は」

「そのときは、私も半分預かりますので」

むろん竜胆という男は、自分にかけられた責任を他人におっかぶせるような人間ではない。

それは知っていたが、仙石は本気でそう思ったのである。


『4』

ダグラスTBD『デバステーター』の後継機として投入されたグラマンTBF『アベンジャー』艦上攻撃機は、艦上戦闘機の開発製造では雄《ゆう》の座にあったグラマン社が、初めて開発した艦上攻撃機であった。

機内に魚雷を飲み込むタイプのため、腹がぷっくりと膨らんだ特色のある機体を持っていた。その腹を、『アベンジャー』が開いて魚雷を放った。

アメリカ海軍の魚雷の評判は悪い。遅いし、不発弾が多いからだ。

理由はある。

今でこそ艦爆による急降下爆撃はどの国でも行なう普通の攻撃方法だが、実はこの方法を作り出したのはアメリカ海軍なのである。アメリカ海軍は急降下爆撃のほうが雷撃よりも効果が大きいと判断し、優れた急降下爆撃機を造ることに心血を注いだ。

結果、アメリカ海軍による艦上攻撃機の開発が遅れ、魚雷の開発も遅れた。それが水上艦艇や潜水艦の魚雷にも影響し、悪評となったのである。

しかし、さすがはアメリカである。早くはないが、確実にアメリカ海軍の魚雷の性能は上がっていた。

「左舷方向に魚雷接近！」

ジグザグ航走をしていた第六戦隊の重巡『衣笠』の見張員が絶叫した。

二基の魚雷が白い雷跡を残し、『衣笠』めがけて突進してくるのが見える。

員が息を飲む。

「面舵いっぱ〜い」

『衣笠』艦長の重い声が、艦橋に響き渡る。

艦体を急角度で右に傾けながら、『衣笠』が体を捻ってゆく。雷跡を見守る見張

シュ―――――ッ。

シュ―――――ッ。

『衣笠』の舷側をかすめるようにして魚雷が過ぎていくのを見て、多くの兵士たちが額に浮かんでいた脂汗を腕で拭《ぬぐ》った。

タンタンタンタン。

ダダダッ。

第五水雷戦隊旗艦軽巡『北上』の一四センチ砲と八センチ高角砲が、天空から飛来するカーチスSB2C『ヘルダイバー』艦上爆撃機に向かって赤い火玉を放つ。

直撃弾をもらった『ヘルダイバー』が一瞬にして砕け飛んだ。

だがほぼ同時に、別の『ヘルダイバー』の放った爆弾が『北上』の八センチ高角砲座を叩き、破壊した。裂かれた砲座から白煙が登り、負傷した兵が苦痛の呻《うめ》きを上げている。

「長官。『神川丸』がやられました」

『神川丸』は飛行艇母艦だが、今回は陸軍兵を積んで輸送艦としても作戦に参加していた。

「一人でも多くを救助しろ。陸軍さんに俺が恨まれるのはかまわんが、上陸作戦には陸軍さんの力が大きい」

海軍にも陸上戦闘を任務とする陸戦隊が存在するが、数の上から言ってもその力は十分ではなく、本格的な上陸作戦にはどうしても専門家である陸軍の力が必要だったのである。

陸軍兵は駆逐隊の駆逐艦にも分乗しており、三川長官には戦闘と同時にそれらの駆逐艦を守る仕事もあった。

敵を発見したと同時に、第18任務部隊指揮官スプルーアンス少将は三隻の護衛空母だけを第17任務部隊がいる西へ走らせた。戦闘中は邪魔になるだけだと判断したのだ。

正しい判断だったろう。ボーグ級護衛空母の速力はわずか一八ノットしかなく、格好の餌食《えじき》になるのは間違いなかったはずである。

ちなみに武装は一二・七センチ高角砲二基二門、四〇ミリ連装機関砲一〇基二〇門、二〇ミリ機関砲一〇基一〇門だったが、これではとても敵の集中攻撃を防ぎきれない。

スプルーアンス少将が頼みの綱としたのは、二隻のインデペンデンス級軽空母である。

クリーブランド級軽巡洋艦からの改装空母で、基準排水量一万一〇〇〇トン、最高速力三二ノット、搭載機数は四五機で、兵装は一二・七センチ両用砲二基二門、四〇ミリ機関砲一八基一八門、二〇ミリ機銃四六挺であった。

正規空母に比べれば心許《こころもと》ないが、偵察機の報告によれば、日本艦隊に配属されている空母も小型空母である。航空戦力では第18任務部隊のほうが勝っていることも、スプルーアンスの自信になっていた。

問題は数が少ない護衛艦だが、それも敵の航空戦力を考えれば乗り切れるはずだと、スプルーアンスは読んでいた。

第八航空戦隊の二隻の空母から出撃したのは、零戦八機、九九式艦爆一二機、九七式艦攻一二機の合わせてもわずかに三二機であった。

それに比べ第18任務部隊が送り出した攻撃部隊は、『ワイルドキャット』艦上戦闘機八機、『ヘルキャット』艦上戦闘機八機、『ヘルダイバー』艦上爆撃機二四機、『アベンジャー』艦上攻撃機一八機で、計五八機と第八航空戦隊の倍近い戦力であった。

もちろん戦いは数の優劣だけでは決まらない。航空機の能力、操縦員の技量、ときには天候さえもが勝敗を左右するのだ。

それらを加味した場合でも第八航空戦隊の不利は変わらないが、数から感じられるほどの差は実際はなかった。

その証拠を、第八航空戦隊攻撃部隊は証明して見せたのである。

第18任務部隊の迎撃部隊は、一二機の『ワイルドキャット』だった。

零戦部隊は一機の犠牲を払ったが、あっという間に『ワイルドキャット』隊を蹴散らし、艦爆、艦攻に攻撃への道筋を開けたのである。

第18任務部隊の西から近づいた九七式艦攻部隊は、定石通り低空で侵入した。狙いは二隻並ぶ空母の後方を進む『プリンストン』であった。

艦攻に気づいた『プリンストン』からの対空砲火が始まった。

ズドドドドドッ！

ガガガガガガッ！

九七式艦攻に幸いしたのは、波が荒くなり始めて『プリンストン』の砲火陣の照準が絞りにくくなったことである。

ザンッ。

六機の九七式艦攻が次々と放つ航空魚雷が、波に揺れる獲物を食い尽くそうと白い雷跡を延ばす。

近づく雷跡を見た『プリンストン』の艦長は、どう艦を操船したとしても一、二発はもらうと覚悟した。それほど巧みに、九七式艦攻隊は魚雷を放ったのであった。

ドッコ————ン！

ドドッコ————————ン！

艦長が予測した通り、『プリンストン』は左舷側と艦首の左側に直撃弾を喰らった。

艦首のほうはさほどではないが、舷側のほうは大きな被害だった。艦内に注水して艦が傾くことを押さえたが、注水分だけ速力は落ちた。

それを見透かしたように、残り六機の九七式艦攻が『プリンストン』に襲いかかったのである。

ザンッ！

ザンッ！

海面に飛沫を上げ、魚雷がいったん海中に沈む。海中で定められた深度になって、魚雷は速力を伸ばす。

『プリンストン』の対空砲火はなおいっそう激しくなり、一機の九七式艦攻が魚雷を放つ前に直撃を受けて海面に叩きつけられた。

九七式艦攻隊に悲劇が続く。最後の一機の魚雷が外れないのだ。九七式艦攻は諦めて、反転した。重い魚雷を抱えたままでは、速度も操縦性も悪いからである。

ところが、魚雷が外れないために、速度が上がらない。

次の瞬間、機銃弾を喰らってバランスを崩した九七式艦攻は、魚雷の誘爆もあり、一瞬にして吹き飛んだ。

戦《いくさ》の神は気まぐれらしい。

先ほどまで日本軍に追い風を送っていたくせに、次のステージでは日本軍を見捨てた。

直撃していれば『プリンストン』を珊瑚海の海底に誘っていたはずの魚雷が、飛び込んできた駆逐艦の舷側にかすめたことで針路を変えてしまったのである。

それは、艦攻に続いて攻撃に入った九九式艦爆にもついて回った。

三発の直撃弾を『プリンストン』に与えはしたものの、それらは致命的な被害を与えることができなかったのである。

第18任務部隊の攻撃部隊が日本艦隊に与えたのは、一隻の駆逐艦を大破し、二隻の駆逐艦に軽度の被害を与えただけだった。

原因は一つ、南雲が打った博打だ。二四機の零戦部隊を迎撃部隊としていち早く出撃させ、攻略部隊を掩護させたのである。

百戦錬磨の第一航空艦隊艦戦部隊の前に、第18任務部隊の攻撃部隊は次々に珊瑚海に叩き込まれたのであった。

『5』

珊瑚海を巡る三度目の戦いの知らせは、ハルゼーを緊張させた。

「マイルス。珊瑚海にあの謎の艦隊がもしいるのだとしたら、俺たちはまるっきりの空振りということになるんだが」

「もう少し時間が必要かもしれませんね。詳しいことがわかるまで」

「だろうな」

「ただ……」

「なんだ?」

「いないような気がします」

「根拠は?」

「今回の敵艦隊が似ているんですよ。日本軍がポート・モレスビーとツラギを狙ったときの部隊と」

「なるほど。そう言われてみればそうだな。おそらく連中の狙いは、ソロモン諸島のいずれかの島に上陸し、そこをラバウルと並ぶ基地にしようとしているんだろう」

「そうであれば、これは大日本帝国海軍連合艦隊の通常の作戦です。絶対にあり得ないとは私も言い切れませんが、あの艦隊がそんな通常作戦に参加するとは思えません」

「それは言えるかもしれんな」

「それどころか……」

そう言って、ブローニング参謀長が目を細く光らせた。

もうハルゼーも急《せ》かさない。

「あの艦隊は、この近くにいるかもしれません。いつだってあの艦隊は火のないところに現われて、業火《ごうか》を噴き上げて太平洋艦隊を愚弄《ぐろう》してきたんですから……」

「その通りだ。そしてここは、俺が退屈してあくびをするほどに火のないところだからな」

「あ、待てよ。そうか。しかし……いや、そうかもしれない」

ブローニングの声が裏返った。

「マイルス！」

「提督。戻りましょう。連中はハワイに向かっています」

「な、なんだと！」

「あそこも今は火がありませんからね」

「し、しかしマイルス。あいつらがハワイに？」

「狙いはおそらく私たちです」

「なに！」

「太平洋艦隊で最強である我が第16任務部隊こそが、あいつらの狙いです」

「そ、そういうことか……」

「だから、留守をしてがっかりさせるわけにはいかないじゃないですか」

「よし、決まった。ハワイに、パールハーバーに戻るぞ！」

『エンタープライズ』の艦橋に、ハルゼーの歓喜の雄叫びのような声が響いた。

南雲中将の奮闘で、三度目の珊瑚海の戦いは意外にもあっけなく片がついた。南雲のDB機動部隊がガダルカナル島前面の盾《たて》になり、攻略部隊が上陸に成功したのである。

フレッチャーとスプルーアンスにとって不幸だったのは、復讐に燃えるラバウル基地航空部隊が、DB機動部隊に襲いかかろうとしていた第17任務部隊に対し先手を打って襲いかかったことである。

予想を超えた攻撃と上陸を許したことで海軍の士気が削《そ》がれたところに、マッカーサーの撤退要請が来た。

簡単に言えば、一度出直して一緒にやろうよという誘いである。

マッカーサーにすれば、再び海軍を利用して自分の手柄にと考えたのであろう。

冷徹で聡明なスプルーアンスは一瞬でそれを見抜いたが、フレッチャーにそれを求めるのは酷だった。

そして最後に、ニミッツからマッカーサーに協力せよという命令が入り、アメリカ海軍は撤退した。

夕日の沈みゆく珊瑚海を見つめながら、スプルーアンス少将は、顔を落陽で朱に染めながらつぶやくように言った。

「マッカーサー将軍。私はフレッチャーのようなお人好しではありませんよ」

第六章　北太平洋の謀略

『1』


「ジョンストン島北西……か」

　ジョンストン島基地の偵察機が、巨大空母を主力とした日本の機動艦隊を発見したという知らせを受け、オアフ島の太平洋艦隊司令部の長官執務室で、アメリカ太平洋艦隊司令長官チェスター・W・ニミッツ大将は複雑な顔を作った。

　それは恐るべき予言の的中だったのだ。

　予言者はアメリカ太平洋艦隊第16任務部隊指揮官ウィリアム・F・ハルゼー中将である。

「おそらく例の艦隊は、ハワイ付近に自ら発見されるように現われるはずです」

と、ハルゼーは言った。

「まさか」

と、ニミッツは答えた。

神出鬼没で、いつ、どこに現われるか、まったく予測もつかない。

その艦隊が、自ら発見される形で、しかももっと危険と思われるハワイ周辺に現われるなど、どうしてもニミッツは信じられなかったのである。

思えば、この謎の艦隊に太平洋艦隊はどれほど煮え湯を浴びせられてきたことだろう。どれほど苦い水を飲まされてきただろう。

探しても探しても見つからず、そのくせ予期せぬときに、予期せぬ場所に忽然と現われては、アメリカ軍に大打撃を与え、そして風のように消え去って行った謎の艦隊。

それが今、現われたのである。

しかも驚くべきことに、ハルゼー中将の予測通りにだ。

「なんだっていうんだ……」

わけがわからず、ニミッツはため息をついた。

「ともあれ、ハルゼーに知らさなければならないな」

とは言っても、ニミッツも第16任務部隊が今どこにいるのか詳細は知らない。一度、パールハーバー基地に戻った第16任務部隊は、軽めの補給をすると再び出撃していったからだ。

おおよその位置こそ知らされているが、詳しくは知らないのだ。

そこまで考えて、

「なんてこった。これじゃあ第16任務部隊は、あの謎の艦隊と同じじゃないか」

と、ニミッツは苦笑した。

「なるほど、神出鬼没な敵を叩くには自らそういう存在に、というわけらしいな。おもしろい。このシナリオを書いたのは、おそらくあの参謀長だろう。ハルゼーにはこんな芝居じみた真似はできっこない。そうか。となると、予言者もあの参謀長か……まあいい。頼むぞ、ハルゼー、そしてブローニング参謀長」

薄く笑うと、ニミッツはデスクの上の電話を摑んだ。

「乗ってくるでしょうか」

『大和』超武装艦隊参謀長仙石隆太郎大佐が、意外にもすっきりとした顔で言った。

「確率は高いと思っているよ。ハルゼーにとって、我が艦隊は憎悪すべき艦隊だからね。位置がわかれば逃がすものかと飛んでくるはずだ」

竜胆啓太司令長官も、別段気負ったふうはない。

鬼気迫ると表現しても良さそうなハルゼー中将とブローニング参謀長コンビとは、明らかな違いがあった。

「まあ、来なければ来ないでいいさ。また別の策を考えるだけだからな。ただ、オアフ島の真珠湾基地にいられるのは困る。いくら我が艦隊でも、単騎で真珠湾基地を攻撃するだけの力はとてもないからね」

竜胆らしいと仙石は思った。

可能性のないものは、固執せずにすぐに捨てる。しかし次の策はちゃんと頭の中にある。だから、あわてる必要も、苛立《いらだ》つ必要も、竜胆には無縁だった。

外で戦闘機のものらしい爆音がした。いつもより軽い感じがする。

「ドイツさんらしいな。エンジン音が違う」

窓の外を見て、

「さすがですね、長官。その通りです。しかし頑張りますね、あの四人も」

仙石が言った。

「綾部はなんて言っているんだい、四人のことを」

「うちの飛行隊の中でトップクラスの操縦員になるのに、そう時間はかからないだろうとのことです」

「やれやれ。そうなると実戦に使わないわけにはいかないねえ」

言いながら、竜胆が指先で首の後ろをほぐすように揉んだ。

「綾部は大丈夫だと言っていますがね」

「そうか……」

「彼らは国に帰れば教官をするそうです。その教官が実戦を知らないのでは、本当に教えることはできないと考えているようです」

「まあ、そう言えばそうなんだろうが、ね。フフ、しかし、苦し紛《まぎ》れにとんでもない約束をしてしまったよ。ちょっと後悔かな」

「綾部はこうも言ってました。あの四人が戦死するような激しい戦いなら、私も危ないですから、と」

「綾部は彼らのことをずいぶん買っているね」

「綾部という男は、ある意味、単純ですからね。強い者は強い、いい物はいい、といった具合です。ちょっと醒めているところもあるかもしれませんが」

「市江田とは対照的だな」

「市江田は情熱の男ですからね」

「しかし仲はいいんだろう、二人は」

「腕は市江田がピカ一です。綾部がどんなに頑張っても、追いつけないようです。その点で市江田は、綾部にとってすごい奴なのだそうです」

「すごい奴はすごい。そういうことか」

「ええ」

「市江田のほうは?」

「市江田は自分で、熱くなりすぎる部分が欠点だと考えているようです。それで失敗する。しかし、綾部はそれを止めてくれると言うんです。ふふ。いわば保護者ですね」

「市江田のほうが年は上だったよね」

「それでも保護者です。精神的な面でですが」

「死なせたくないな……」

竜胆が突然、話題を変えた。

「そう、そうですね。同感です」

仙石が思わずしんみりと言った。

「あの四人のドイツの若者もだよ」

「もちろんですとも……」

再びエンジン音が響いてきた。

（実戦は、本当に近いのだろうか）

仙石は思いつつ、天空を見上げた。


霧が深い。その霧の中、小刻みにエンジン音が響いていた。

霧を払うようにして現われたのは、ヨークタウン級空母の二番艦でアメリカ太平洋艦隊第16任務部隊の旗艦『エンタープライズ』である。

基準排水量の一万九〇〇〇トンは中型空母クラスに入る。全長は二四六・九メートル、全幅は三三・二メートルあり、最高速力は三三ノット。

この時代の空母としては平均的な速度と言っていいだろう。

排水量の割には『エンタープライズ』は九〇機の航空機を搭載できる。搭載する航空機によってこの数字は変わるため、絶対的な数字ではなくあくまで目安と考えたほうがいい。これは、『エンタープライズ』に限らず、こういったデータを見るときの常識だろう。

「しかし、どこまで大胆なんだ。我が海軍基地があるジョンストン島から二八〇マイル。下手をすれば攻撃を受ける可能性もあるというに。それも真っ昼間だ」

第16任務部隊指揮官ウィリアム・F・ハルゼー中将が、おもしろくなさそうに言う。

「自信があるのでしょう」

答えたのは、参謀長マイルス・ブローニング大佐だ。

「自惚《うぬぼ》れてるんだよ」

「それはどうでしょうか。そうあってくれれば隙も見つけられるんですが、たぶん無理でしょう。あの艦隊の指揮官がそんな人物であったら、もっと早く私たちも正体を摑めていたはずですし、ここまで好き勝手を許すこともなかったでしょう」

ブローニング参謀長は少しでも冷静な判断ができるように、努めて淡々と喋っていた。この敵と戦うとき、少しでも誤った判断をすれば負けるという認識が彼の中にはあった。

「奴らが連絡のあった場所でうろうろしていてくれたら、一日半で会敵できるぞ」

「それで少し悩んでいます。私としては、奴らの手口のように神出鬼没に登場して奇襲を仕掛けたいのですが、これまでのデータをまとめると、あの巨大空母やあの艦隊の艦艇が搭載するレーダーやソナーは、我々の搭載するものよりも数段優れているようです。まったく気づかれずに接近するのは難しいかもしれません。まあ、それほど優秀な機器を揃えているからこそ、逆に神出鬼没とも言える行動がとれたのでしょうけどね」

「とはいえマイルス。こっちの機器の性能が上がるまでは待っていられないぞ」

ブローニングが苦笑した。実に下手くそなジョークだが、ジョークが言っていられるということは、ハルゼー中将の頭もまだ冷静さを保っているのだと確認できた。

「となれば、行くしかありませんね。あいつらはこちらとの決戦を望んでいるようです。それなら受けて立つしかありませんよ。ただし、油断はできません。これまた確証はないのですが、あの連中は度々《たびたび》、囮《おとり》部隊のようなものを使って、敵を混乱させたり欺《あざむ》いたりした痕跡があります」

「おう、それは俺も気づいていたよ。あの艦隊の周辺に、おかしな輸送船団が頻繁に現われているからなあ」

「おそらくそれがそうだと思います。国籍不明の輸送船団。そちらに目を奪われたとき、奴らは忍び寄ってくるようです」

「まあ、そこまでわかっているなら大丈夫だろう。それじゃあ行くぞ、マイルス。

この辛気《しんき》くさい霧は大嫌いだからな。針路変更！」

思いのたけを込めるようにして、ハルゼーが命じた。


翌日未明、『大和』超武装艦隊は北に五〇カイリほど移動しただけで、まるでクルージングでも楽しむようにゆっくりと航行していた。

「『伊九〇一号』から入電です。連中は北東三〇カイリの海底に身を潜める決心をしたようだとのことです」

「それで間違いないと思うが、あとは神のみぞ知る、だな」

「来るのは夜でしょうね」

仙石が言った。

「おそらくそうだろう。電波警戒機（レーダー）や探信儀（ソナー）の性能が上がってきたと言っても、密《ひそ》かに動けるのはやはり夜だろうからな。もっとも、索敵のタイミング次第では夜昼は問わないが」

竜胆の笑みには、これまでにはなかったすごみのようなものが増していた。

優れた軍人が皆そうなように、彼も肌で知っていたのだ。戦いのときが迫っていることを――。

仙石の推測は当たった。

その日の深夜、重巡『初穂』艦載の水上偵察機が、本隊から北二三〇カイリにアメリカ艦隊を発見したのである。

ドガドガドガ。

数十人の水兵が『大和』の艦底に走り降りて行く。『丹号』潜水部隊に出撃の命令が下ったのだ。

艦底のドックには、すでに『丹号』潜水部隊の司令三園昭典大佐が待っていた。

水兵の群れはドックで二手に分かれた。右に『丹一号』、左に『丹二号』がすぐにも出撃できるように準備を終え、『大和』の揺れに合わせるように揺れていた。

二手に分かれた水兵たちは、自分の艦を背に立って左から順に番号を言っていく。

最後の一人が、

「総員、揃いました」

と言うと、艦長が乗艦を命じた。

瞬く間《またた》に水兵たちは各艦に吸い込まれていく。そして二隻の『丹号』潜水艦のモーター音が響き始めたのは、出撃命令からわずか一五分後であった。

グォ――――ン、グォ――――ン。

やがて、『大和』の艦底がゆっくり開いてドックに水が満ちると、二隻の『丹号』は静かに海中に放たれたのであった。

あわただしさは飛行甲板も変わらない。あちらこちらで、整備兵の怒号と器具の動く音が響いている。

搭乗員控室はそれに比べれば静かだ。

入ってきた『大和』飛行隊分隊長で艦戦部隊指揮官の綾部中也中尉に歩み寄ったのは、四人のドイツ人操縦員であった。

四人が皆大柄で綾部は小柄だったから、見た目では四人の大男に虐《いじ》められている子供のように見える。眺めていた伊丹一飛曹は内心で苦笑した。

もちろん、実際は違う。四人は口々に綾部に向かって感謝の言葉を述べ、実戦に赴《おもむ》く決意を語っていたのだ。

長いつきあいではないが、綾部は簡単なドイツ語なら少しはわかるようになっていたものの、生憎《あいにく》会話はできない。

何か言ってやりたい気持ちはあるが、それができなくてもどかしかった。どちらかと言えばクールな綾部だが、このときばかりは興奮していたのだろう。

「だから、死ぬな！」と叫ぶなり、四人に敬礼した。

四人も日本語は理解できない。だが、綾部の目にうっすらと浮かぶ涙の意味は理解できたのだろう。すぐに敬礼を返す。

涙もろい伊丹は、泣くのを堪《こら》えようと必死に唇を噛んでいた。

整列の合図がかかり、操縦員を含めた搭乗員たちが飛行甲板に飛び出していった。

エンジンが唸《うな》りを上げている。

艦戦操縦員が愛機に乗り込んだ。四人のドイツ人も乗り込む。

風防を閉める前に、操縦員は整列する整備兵に敬礼をする。

「また、会おう」

そう言ったかのように。

ゴゴ――――ン。

シュゥ――――――――ッ！

カタパルトの移動板が滑り、次々に艦戦が闇の中に消えていった。

発見は第16任務部隊のほうが早かった。

当然だろう。あらかじめ『大和』超武装艦隊がどの辺りにいるか見当がついているのだから。

発見と同時に、ハルゼー中将は攻撃部隊に出撃を命じた。

グラマンF6F『ヘルキャット』艦上戦闘機二四機、グラマンF4F『ワイルドキャット』艦上戦闘機二四機、カーチスSB2C『ヘルダイバー』艦上爆撃機四四機、グラマンTBF『アベンジャー』艦上攻撃機四八機の計一四〇機が、憎き敵に向かって翼を広げた。

このときの第16任務部隊の航空戦力は二七四機だから、半数以上の搭載機をハルゼーは一気に投入したのである。

先手でまず大きな打撃を！

おそらく、小手先の策など、あの巨大な敵には通じまい。

これが、悩み抜いた末にハルゼー提督とブローニング参謀長が出した結論だった。

「敵機です！」

「距離は？」

「およそ二五キロ。一〇〇機は超えています」

「よし。迎撃部隊上げ！」

竜胆が命じると、『大和』の艦橋にピリッとした緊張が充満した。

旗艦『大和』に準備してあった二四機の零戦が発進した。所要時間は十数分。カタパルトの採用で離陸時間は大幅に短縮されている。

アメリカの空母もカタパルトの使用を始めているが、『大和』超武装艦隊のものと比べると性能はだいぶ落ちた。

『大和』迎撃部隊を率いるのは、泉政文《いずみまさぶみ》少尉である。

泉は敵の艦爆と艦攻の部隊を無視して、敵艦戦部隊の殲滅《せんめつ》に取りかかった。

旗艦『大和』はもとより、『大和』超武装艦隊の艦艇はそう容易《たやす》くやられるほど柔《やわ》ではなかったし、まずはうるさい蠅どもを叩き落としてから、艦爆、艦攻を料理する策だったのである。

泉の操る零戦は、もちろん新型三〇ミリ機関砲搭載機であった。

先頭にいた『ヘルキャット』の背後に軽々ととりついた泉少尉は、三〇ミリ機関砲の発射レバーを引いた。

ドドドドドッ！

ズドドドッ！

機体に伝わってくる重い発射音と振動が、三〇ミリ機関砲の威力を示していた。頑強さが自慢の『ヘルキャット』も、三〇ミリ機関砲の前にはあっけなく吹き飛ぶしかない。

すぐに機を上昇させた泉は、次の獲物を四機編隊を取る『ワイルドキャット』に定めた。

一機では相手にならないと悟った『ワイルドキャット』隊は、ヒット・エンド・ラン作戦なるものを開発していた。零戦の上空から一気に降下し、銃弾を叩き込むなりそのまま降下を続けて逃げ去るという作戦だ。

機体の強度が『ワイルドキャット』に劣る零戦は、『ワイルドキャット』と同じ降下速度を続けると機体が損傷するおそれがあり、追いすがることができなかったのである。

絶対的優位を保っていた零戦が、一時期この作戦に悩まされたのは事実だ。しかも複数機でこの作戦を取られると、さしもの零戦も苦戦を強《し》いられたのであった。

だが、泉の駆る零戦は、これまでの零戦ではない。三〇ミリ機関砲を搭載するために機体の強度が上げられたため、『ワイルドキャット』の急降下にも十分に対応ができたのである。

それを知らない『ワイルドキャット』隊は、泉に気がつくと急上昇に入った。

泉は愛機をゆっくりと進める。

「来た」

そう判断した泉がスロットルを開ける。

零戦が一気に加速し、泉の背後で四機の『ワイルドキャット』が獲物を失ったまま降下を続けていた。

泉は愛機を捻《ひね》ると、その四機の『ワイルドキャット』を追った。

泉機に気がついた『ワイルドキャット』が速度を上げる。

だが、いつもなら途中で諦めて戻っていく零戦が、ぴったりと背後に付いたまま離れないのだ。

『ワイルドキャット』のパイロットに初めて恐怖が生まれた。

しかし、それも長くない。

ガガガガガッ！

ガガガッ！

零戦の機首固定の七・七ミリ機銃が火を噴き、『ワイルドキャット』を引き裂いたからだ。

ズガガ―――――ン！

炸裂した『ワイルドキャット』の破片が、泉機の背後に飛んでいった。

迎撃部隊の隙をついて『大和』の上空に達したカーチスSB2C『ヘルダイバー』艦上爆撃機のパイロットは、改めて『大和』の大きさに息を飲んだ。

「ばかめ。目標は大きいだけ外さないってもんだ」

良いほうに考えて、パイロットは愛機を降下させた。

その刹那《せつな》、『大和』の対空砲が火を噴いた。

ズガガガガガッ！

ガガガガガガッ！

バリバリバリッ！

ズドドドドドッ！

まるでハリネズミのように取り付けられた対空砲が、『ヘルダイバー』を包む。

恐怖でアドレナリンが噴出し、手袋の下が汗でぐっしょりと濡れた。

逃げ出したい衝動がパイロットの脳に充満する。

しかしここで逃げたほうが命取りなのだ。

逃げるために反転すれば、機体の腹を敵にさらすことになり、目標が大きくなって的中弾を受けやすい。

パイロットは恐怖を必死に押さえつけて、急降下を続けた。

しかし、このパイロットは勘違いをしていた。未曾有《みぞう》の対空砲を持つ『大和』にとって、降下を続ける『ヘルダイバー』ほどの大きさがあれば、的中弾を叩き込むことなどさほど難しいことではなかったのである。

ブババ――――ンッ！

機関砲弾を受けた『ヘルダイバー』の主翼が吹っ飛んだ。

バランスをなくして回転する機体を、無数の銃弾が引き裂き、火花を散らした。

アメリカ太平洋艦隊第16任務部隊の迎撃部隊を指揮するのは、「キャット」の異名を持つブロンク大尉だった。

異名の由来は彼の猫好きから来たのだという説が一番だったが、彼と戦闘を共に経験した者は、ブロンクのしなやかな操縦技術に猫を見たと語ることが多かった。

腕に自信を持つブロンクは、敵が視認できるようになったとき、やや酷薄に見える薄い唇に笑みを滲《にじ》ませた。

そのブロンクの目に、異様なものが映った。敵の零戦部隊の左にいる編隊である。

それは零戦ではなかった。

気づいたのはブロンクだけではなく、近くにいた部下が盛んにその方向を指さしていた。

ブロンクは面倒くさそうにうなずいてから、その戦闘機を改めて見た。

これまでに一度も見たことがない航空機である。

「ふ〜ん。ジャップもついにゼロに見切りをつけて新型機を投入したのかな」

ブロンクはそう思い、愛機『ヘルキャット』のスロットルを開けた。

ウィイイイイン。

二〇〇〇馬力のエンジンがすさまじいほどの唸《うな》りを上げ、『ヘルキャット』を急加速させる。

ブロンクは、日本のその新型機と戦うことを決めていた。新しいものには目がない性《たち》なのだ。

ところが、近寄ってみると、零戦と違うタイプの戦闘機は二種類だった。一種類は後方にいて、見えなかったらしい。

「待てよ」

　ブロンクの目が、それまでよく見えなかった二種類目の戦闘機に注がれる。

　こちらには見覚えがあるのだ。

「ああ、確かに似ているぜ。まあ、日本とドイツは同盟国なんだからな。ドイツからお古をもらったってことも考えられるし、設計図を借りてお得意の猿まねかもしれねえな」

　ブロンクが見ているのは、ドイツ空軍機のメッサーシュミットである。

　だが次の瞬間、ブロンクは目を見張った。

　そのメッサーシュミットによく似た戦闘機には、日の丸ではなくドイツ軍機がつける十字型が描かれていたのである。

「おい、冗談だろ！　太平洋になんでドイツ軍機がいるんだよ！」

　そのとき、メッサーシュミットの前にいた別のドイツ軍機がスーッと横に滑った。

　ブロンクは気づかなかったが、それこそがドイツ軍戦闘機の傑作の一つと言われるフォッケ・ウルフw１９０Ａ『ヴュルガー』だったのである。

　最高速度の七〇四キロは、日本では海軍機はもとより陸軍機にもない高速機で、兵装は二〇ミリ機関砲二門に一三ミリ機銃二挺と強力だった。

考えれば不思議ではない。

四人のドイツ人操縦員は、国に帰れば当然のことドイツ軍機に乗ることになるのだ。それならいっそドイツ軍機を日本に輸送し、その機体で訓練を受けさせればいいとヒトラーは考えたのだ。

また、航空機はもとより艦上戦闘機を持たないドイツ海軍にすれば、自国機を日本に送って艦上戦闘機に改造してもらえれば、技術はそのまま自国で生かせる。

そして選ばれたのが、フォッケ・ウルフＷ１９０Ａ『ヴュルガー』と、後方に隠れていたメッサーシュミットＢｆ１０９『エミール』だったのである。

「ちっ。どういうわけか知らねえが、ドイツ機の力、見せてもらうぜ」

叫ぶように言って、ブロンクが愛機を急上昇させた。その後を二機のフォッケ・ウルフＷ１９０Ａが難なく追う。

ドイツ軍機は国土の関係もあってか航続距離の短いものが多いが、その中にあってフォッケ・ウルフＷ１９０Ａは落下式の燃料タンクを装着してその欠点をカバーしていた。

零戦も同じようなタンクをつけ、飛躍的に航続距離を伸ばしている。

もっとも、タンクをつけたフォッケ・ウルフＷ１９０Ａの航続距離は一三〇〇キロ、零戦のそれは最大で三五〇〇キロだから、開発時点での考え方が違うのであろう。

速度には自信のあった『ヘルキャット』だが、それに難なくついてくるフォッケ・ウルフＷ１９０Ａに対し、ブロンクは舌打ちした。

機種さえ知らなかったのだ。ブロンクがフォッケ・ウルフＷ１９０Ａの性能など知るはずもない。

機を反転させてフォッケ・ウルフＷ１９０Ａの背後に回ろうと企《くわだ》てたブロンクだが、それは見事に失敗する。

軽やかについてきたフォッケ・ウルフＷ１９０Ａの二〇ミリ機関砲が火を噴き、ブロンクの機は炎に包まれて太平洋に落下していった。

このときが、太平洋でのドイツ軍機によるアメリカ軍機初撃墜である。撃墜したのは、カール・クレンペラーであった。

クレンペラーは帰国後、ドイツ海軍が開設した海軍航空学校の教官と、現役のパイロットという二足のわらじを履くことになり、天才的パイロットして賞賛されるが、彼が一番好きだった日本語が、「だから、死ぬな！」という言葉だったことを、彼の娘が後に語っている。

ズガガ————————ン！

三発目の魚雷を右舷側に受けた空母『ホーネット』の飛行甲板に、黒煙が立ち上った。機関室が爆発炎上して飛行甲板を引き裂いたのだ。

それは、『大和』超武装艦隊攻撃部隊の攻撃開始からたった七分後である。

鮮やかすぎる攻撃に、さすがのハルゼーにも言葉がなかった。

「まったく、なんという奴らなんだ」

ハルゼーの横で、ブローニング参謀長が呆然《ぼうぜん》と言った。

ブローニングも敵艦隊の強さは認めている。そしてその強さを支える大きな理由の一つに、敵艦隊のやってきた奇襲的攻撃法があると考えていたのだ。

しかし、その考えが誤りであったことを、たった七分でブローニングは知らされたのである。

自分の位置を知らせて真っ向勝負を挑んできた敵に、真っ向勝負で挑んだ第16任務部隊は翻弄《ほんろう》されていた。

「提督。『オーガスタ』が退艦許可を求めてきています」

重巡『オーガスタ』は、『ホーネット』の護衛を務めていた艦である。おそらく、

『ホーネット』を攻撃した攻撃機によって死の賛歌を与えられたのだろう。

「許可すると連絡してくれ」

ハルゼーが力なく答えた。

自艦隊と敵艦隊の間には予想以上に大きな差がある。そのことに、ハルゼーは打ちのめされていた。

「マイルス。どうする」

「撤退すべきだと思います。このまま戦い続ければ、全滅はともかく、被害を大きくするだけかもしれません」

ブローニングの輝きを失った瞳が、絶え間なく動き、揺れていた。

壊れた自信が、ブローニングから気力さえ奪おうとしている。それをどうにか支えているのは、責任感だった。

「敵の攻撃部隊が撤退し次第、救助作業にかかれ。敵の二次攻撃の可能性があるから、その準備も忘れるな」

矢継ぎ早に命令を伝えたハルゼーは、大きな、それでいて悲しいため息をついた。

今、ハルゼーが正気でいられるのは、指揮官としての最後の誇りだった。

見事に撤退し、必要以上の被害を防ぐ。それだけだった。

しかしそんな最後の誇りさえ、彼は奪われることになる。

「『豪鬼』一号、発射準備！」

『伊九〇一号』潜水艦の発令所に、橋元金伍潜水艦長の声が響いた。

「発射準備、よろし」

水雷長が答える。

すでに囮魚雷は発射済みだ。

「発射っ！」

「発射っ！」

獲物は潜水艦だ。

二号機の発射機がどうしても具合が悪く、この日『伊九〇一』号が搭載してきた『豪鬼』は一発だけである。それだけに、命中させたいという気持ちが乗組員たちには強かった。

腕時計の針が時を刻んでゆく。

三〇秒。それが『豪鬼』が敵空母の土手っ腹に突き刺さるまでの時間だ。

すでに一五秒が過ぎている。

一〇秒だ。

「九」

誰かが言った。

「八」

声が増えた。

そして全員が時を刻んだ。

「……七……六……五……」

生唾を飲む音が聞こえた。それだけ艦内は静まりかえっているのだ。

「……四……三……二……一」

計器以外のすべての音が止まった。

「命中です」

レシーバーを耳に当てていた水測員が、顔中を笑いにして言った。

歓声が起きる。

敵を葬《ほうむ》り去れたのか、それはわからない。

全力は尽くしたのだ。あとは神や仏の領分だ。

「深度九〇まで、潜航」

結果がわかるまで、近くに潜んで見ていたい誘惑はある。

だが、そういった未練が、ときには潜水艦の運命を変えるのだ。

敵の駆逐艦にしても、恨みある敵潜水艦を必死に探すのである。未練で命を落とすほど、乗組員の命は安くない。

だから、橋元には迷いのかけらもなかった。


たった一発の魚雷で、これまでの空母以上に装甲を頑丈にした新鋭空母が沈んだ。尋常ではない魚雷でなければできないはずだ。

「そんなものまで、あいつらは持っているのか」

すでに砕かれている自信が、その上からまた踏みつけられた。焦燥が、ハルゼーとブローニングを襲った。

「終わりなのか、マイルス。奴らの攻撃は……まだ、まだ何かある、そんな気がする」

ブローニングには答えられない。言葉さえ、見つからなかった。

「魚雷です！」

軽巡『ホノルル』の艦橋が緊張する。

「取り舵！」

艦長が、叫ぶ。

「駄目です、間に合いません！」

ズガガ――――ン！

相次いで二本の魚雷を受けた『ホノルル』は、それでもそこでの撃沈は逃がれたが、修理は不可能と判断され、スクラップの仲間に入っている。


「完璧な敗北か」

第16任務部隊からの報告に、ニミッツ長官はがっくりと肩を落とした。

前任者ハズバンド・E・キンメル大将がパールハーバーに攻撃を受けたときのショックと同じかもしれないと、ニミッツは思った。

「いや、違うな。キンメル大将の場合は敵が誰だかさえわからなかったのだろうが、私は知っている……のだから」

ニミッツの脳裏に、まだ見ぬ敵の巨大な姿が映った。

「倒せるだろうか」

自問した。

いや、倒さなければならないのだ。

そう自分を駆り立てようとするが、胸にぽっかり空いた無力感は想像以上に大きく、ニミッツをさいなんだ。

首に冷たい風が当たるような気さえした。


「あとはアメリカ国民がどう動くかだな」

一番最後に帰投した『丹号』潜水部隊を収容してから帰途についた『大和』の艦橋で、竜胆長官が誰に言うでもなしにつぶやいた。

動くような気もするし、まだ何か足りない気もした。

確かに今日は勝った。

だが、アメリカは巨大な国だ。この程度の勝利では、わずかに針穴を開けたに過ぎないかもしれない。

ならばまた、叩くだけだ。

竜胆は気持ちを切り替えるように、艦橋を出た。

飛行甲板がにぎやかだ。

話し声。

異国の言葉。

艦戦部隊の連中が、ドイツ人たちも交えて飛行甲板で酒宴を開いているらしい。

行ってみたいなと、竜胆は思った。自分にもあんな時代があった。悪い時代ではない。無茶ができ、無理もできた時代だ。

だが、飛行甲板に降りたところで足を止めた。自分が行けば座が白けるだろう。そういう年齢に、そういう立場になってしまったことが、少し恨めしかった。

「長官。よろしかったらお飲みになりませんか」

振り返ると、一升瓶を下げた仙石参謀長が穏やかな笑みで立っていた。

「もらおう」

竜胆も穏やかに笑い、二人は若い連中を避けるように飛行甲板の隅に座った。

「終わっていませんよね。残念ですが」

仙石がぽつりと言った。

「今夜は忘れよう」

竜胆が言った。

むろん、敵が来ればそうはいかない。

ここは、戦場だった。

『2』


ガシャガシャン！

バリ――――ンッ！

キングが蹴った缶が車のボンネットに当たって、フロント・ウィンドウを割ったのだ。

誰かが駆けつけてくる音がした。

大きな体が自分を押さえつけるのがわかったが、それが誰だか、泥酔したキングにはわからなかった。

翌朝、彼はポリスボックスの鉄格子の中で目を覚ますのだが、なぜ自分がそこにいるかさえ、アメリカ合衆国艦隊司令長官兼海軍作戦部長のアーネスト・J・キングは思い出すことができなかった。

迷路に迷い込んだときのような、実に嫌な不安がアメリカ合衆国第三二代大統領フランクリン・デラノ・ルーズベルトにあった。

抜けられない迷路なんぞあるものか。

自分に言い聞かせるが、前方には明かりさえ見えない。そんな不安だ。一生闇の中で暮らしていかなければならない。そんな不安でもある。

「助けてくれ！」

ついにその言葉を叫んでしまった。

誰も助けてなどくれやしないのだ。

そんなことはもうわかっているのに、まだ人間を信じようとする自分の甘さが、ルーズベルトは情けなかった。

自分で抜け出すしかない。

抜けられない迷路は、ない。

穏やかに、静かに、ルーズベルトは同じ言葉を呪文のように繰り返すだけだった。


「おもしろくなってきたな」

第16任務部隊敗北の報に、ダグラス・マッカーサーは頬を緩めた。

「マーシャルだったら、もっとおもしろかったのにな」

バーボンを口に含み、転がしながら、マッカーサーは続けた。

マッカーサーは、初めてジョージ・C・マーシャル参謀長に会った日を覚えている。もちろん参謀長なんぞではない、新米少尉のマーシャルだ。

こいつに負けるかもしれないと、そのとき思った。それほどに、マーシャルは輝いていた。

徹底的にマーシャルの出世の邪魔をした。

できるなら潰したかったが、できなかった。

それが今、陸軍のトップにいる。

マッカーサーの策謀が、すべて無駄だったという証《あかし》だ。

不愉快だった。

だから陸軍に戻ったのだ。

忘れ去られることが怖かったのだ。

まだ、やれる。

マッカーサーはそう思っていた。

『3』


アメリカはなんと打たれ強いのだろう。

やはり、そんな国と戦うべきではなかったのだ。

山本五十六は、いくら敗北を重ねても戦いをやめないアメリカという国に、呆《あき》れ、恐れ、憎み、そして感心していた。

アメリカは強い。しかしこっちも負けられない。

完全勝利することは難しいが、負けることは国が滅ぶことだった。

他に道がないのなら、それを歩くしかない。

できるなら、短い道を歩きたかった。

日本という国は、それほど強い国ではないのだ。


東条英機は酒があまり好きではない。

だから酒宴に招かれても、一番早く帰る。

酒は人を変えるからだ。

それも偽《いつわ》りの人間にだ。
逆だと言う者もいる。
飲んだときの人間が、本当のその人なのだと。
もしそうなら、なおのこと酒は嫌いだった。
酔って、本当の自分をさらすことなど、恥ずかしくて絶対にできるものではない。
酒を飲む人間は嫌いだった。
嘘つきだからだ。
だが、酒を飲まない人間はもっと嫌いだ。
嘘をつきませんと、自分を隠すからだ。
そう、自分のように。

エピローグ

北太平洋の戦いは、さしものアメリカにも大きな打撃を与えたが、依然としてアメリカは講和を口に出さなかった。

一〇月中旬、『大和』超武装艦隊は、横須賀港に入った。

徐々にだが、『大和』超武装艦隊の存在は明らかになりつつあった。

評価は分かれている。

悪意的なものと、好意的なものだ。

だが、『大和』超武装艦隊司令長官竜胆啓太中将は、どちらでもいいと思っていた。

ドドドッ。

重いが軽快なエンジンが、巨大空母で鳴っている。

乗組員の家族たちが初めて見送りに来た。

横須賀港に紙吹雪が舞い、見送りのテープが風に流れた。

華やかさと悲しさ。

喧噪と静寂。

船の旅立ちには珍しくない光景だ。

まして、戦《いくさ》への船出ならなおさらだ。


外海は荒い。

超弩級《どきゆう》空母『大和』の鳴らす汽笛が響いた。

中型空母『麟鶴』と『飛鶴《ひかく》』が波を切る。

重巡洋艦『八幡《はちまん》』と『初穂《はつほ》』が静かに隠された翼を見せる。

軽巡洋艦『狩野《かの》』『鈴鹿《すずか》』『斐伊《ひい》』『雲出《くもで》』は軽快な走りを見せていた。

駆逐艦『毘沙門《びしやもん》』『瑠璃《るり》』『桧原《ひばら》』『雄国《おぐに》』『印旛《いんば》』『中綱《なかつな》』『久美浜《くみはま》』『余呉《よご》』『大浪《おおなみ》』は遅れまいと煙をたなびかせた。


いつの間にか『大和』超武装艦隊を追う一団がある。

軽巡『大化』が中団で指揮を執っている。

駆逐艦『白雉《はくち》』『仁寿《にんじゅ》』『応和《おうわ》』『宝治《ほうち》』が要所を固めている。

輸送船『清和《せいわ》丸《まる》』『足利丸』『北条丸』『大伴《おおとも》丸』『物部《もののべ》丸』『藤原丸』という不思議な船団が後に続く。


波が吹き上がった。艦隊の姿は消えていた。

どこに消えたのか、一部の限られた者以外、誰も知らない。

どこに現われるかを知っている者も、いない。

汽笛が、鳴った。

コスミック文庫

超武《ちょうぶ》装空《そうくう》母《ぼ》「大和《やまと》」2
ハワイへ向かえ!

2023年 12月 25日　初版発行

【著 者】
野島好夫《のじまよしお》

【発行者】
佐藤広野

【発 行】
株式会社コスミック出版
〒154-0002 東京都世田谷区下馬 6-15-4
代表　TEL.03(5432)7081
営業　TEL.03(5432)7084
　　　FAX.03(5432)7088
編集　TEL.03(5432)7086
　　　FAX.03(5432)7090

【ホームページ】
https://www.cosmicpub.com/

【振替口座】
00110-8-611382

【印刷／製本】
中央精版印刷株式会社

乱丁・落丁本は、小社へ直接お送り下さい。郵送料小社負担にて
お取り替え致します。定価はカバーに表示してあります。

ISBN978-4-7747-6525-9 C0193